Agatha Christie

LE RETOUR D'HERCULE POIROT

Traduit de l'anglais par Clarisse Frémier

Librairie des Champs-Élysées

Titre original :

THE ADVENTURE OF THE CHRISTMAS PUDDING

Liste alphabétique complète des

Romans d'Agatha Christie

(Masque et Club des Masques)

	Masque	Club des masques
A.B.C. contre Poirot	263	296
L'affaire Prothéro	114	36
A l'hôtel Bertram	951	104
Allô ! Hercule Poirot ?	1175	284
Associés contre le crime	1219	244
Le bal de la victoire	1655	
Cartes sur table	274	364
Le chat et les pigeons	684	26
Le cheval à bascule	1509	514
Le cheval pâle	774	64
Christmas Pudding (*Dans le Masque : Le retour d'Hercule Poirot*)		42
Cinq heures vingt-cinq	190	168
Cinq petits cochons	346	66
Le club du mardi continue	938	48
Le couteau sur la nuque	197	135
Le crime de l'Orient-Express	169	337
Le crime du golf	118	265
Le crime est notre affaire	1221	228
Destination inconnue	526	58
Dix petits nègres	299	402
Drame en trois actes	366	192
Les écuries d'Augias	913	72
Les enquêtes d'Hercule Poirot	1014	96
La fête du potiron	1151	174
Le flux et le reflux	385	235
L'heure zéro	349	18
L'homme au complet marron	69	124
Les indiscrétions d'Hercule Poirot	475	142
Je ne suis pas coupable	328	22
Jeux de glaces	442	78
La maison biscornue	394	16
La maison du péril	157	152
Le major parlait trop	889	108
Meurtre au champagne	342	20
Le meurtre de Roger Ackroyd	1	415
Meurtre en Mésopotamie	283	28
Le miroir du mort (*dans le Masque : Poirot résout trois énigmes*)		94
Le miroir se brisa	815	3
Miss Marple au club du mardi	937	46

	Masque	Club des masques
Mon petit doigt m'a dit	1115	201
La mort dans les nuages	218	128
La mort n'est pas une fin	511	90
Mort sur le Nil	329	82
Mr Brown	100	68
Mr Parker Pyne	977	117
Mr Quinn en voyage	1051	144
Mrs Mac Ginty est morte	458	24
Le mystère de Listerdale	807	60
La mystérieuse affaire de Styles	106	100
Le mystérieux Mr Quinn	1045	138
N. ou M. ?	353	32
Némésis	1249	253
Le Noël d'Hercule Poirot	334	308
La nuit qui ne finit pas	1094	161
Passager pour Francfort	1321	483
Les pendules	853	50
Pension Vanilos	555	62
La plume empoisonnée	371	34
Poirot joue le jeu	579	184
Poirot quitte la scène	1561	504
Poirot résout trois énigmes	714	
(Dans le Club : Le miroir du mort)		
Pourquoi pas Evans ?	241	9
Les quatre	134	30
Rendez-vous à Bagdad	430	11
Rendez-vous avec la mort	420	52
Le retour d'Hercule Poirot	745	
(Dans le Club : Christmas Pudding)		
Le secret de Chimneys	126	218
Les sept cadrans	44	56
Témoin à charge	1084	210
Témoin indésirable	651	2
Témoin muet	377	54
Le train bleu	122	4
Le train de 16 h 50	628	44
Les travaux d'Hercule	912	70
La troisième fille	1000	112
Un cadavre dans la bibliothèque	337	38
Un deux trois	359	1
Une mémoire d'éléphant	1420	469
Un meurtre est-il facile ?	564	13
Un meurtre sera commis le...	400	86
Une poignée de seigle	500	40
Le vallon	361	374
Les vacances d'Hercule Poirot	351	275

CHRISTMAS PUDDING

(The adventure of the Christmas pudding)

CHAPITRE PREMIER

— Je regrette infiniment... commença Hercule Poirot.

On lui coupa la parole, sans grossièreté : une interruption aimable, faite pour persuader et non pour contredire.

— Je vous en prie, monsieur Poirot, ne refusez pas sans avoir réfléchi. Il s'agit d'une affaire grave, d'une affaire d'état. On appréciera votre coopération dans les plus hautes sphères.

Hercule Poirot fit un geste de la main.

— Vous êtes trop bon, mais vraiment, je ne puis accepter de faire ce que vous me demandez. En cette saison...

Mr Jesmond l'interrompit de nouveau et entreprit de le séduire.

— Au moment de Noël. Un vrai Noël d'autrefois dans la campagne anglaise.

Poirot frissonna. La campagne anglaise en décembre ne le tentait pas. Mr Jesmond insista.

— Le vrai Noël traditionnel.

— Moi, dit Poirot, je ne suis pas anglais. Dans mon pays, Noël c'est pour les enfants. Le Jour de l'An ! Voilà notre jour de fête.

— Ah ! mais en Angleterre, la fête de Noël est une tradition admirable, et je vous assure qu'à Kings Lacey vous la verrez célébrer d'une façon unique. C'est une vieille maison étonnante. Pensez qu'une des ailes date du XIVe siècle !

Poirot frissonna de plus belle. L'idée d'un château du XIVe siècle le terrorisait. Il avait trop souvent gelé dans des demeures historiques anglaises. Il jeta autour de lui un regard heureux. Dans son confortable appartement londonien, il avait fait installer les radiateurs les plus modernes et les systèmes brevetés les plus efficaces pour supprimer les courants d'air d'où qu'ils viennent.

— En hiver, je ne quitte pas Londres, déclara-t-il catégoriquement.

— Je crois, monsieur Poirot, que vous n'appréciez pas exactement la gravité de cette affaire.

Avant de lever les yeux sur Poirot, Mr Jesmond avait regardé rapidement son compagnon.

Sauf un « Comment allez-vous ? » poli et banal, celui-ci n'avait pas encore dit un mot. Les yeux baissés, il contemplait ses souliers luisants comme des miroirs. Un accablement total se lisait sur son jeune visage couleur de café. Il n'avait pas plus de vingt-trois ans et se trouvait évidemment dans la plus sombre détresse.

— Mais si, mais si, dit Poirot, l'affaire est des plus sérieuses. Je m'en rends fort bien compte. Je suis de tout cœur avec Son Altesse.

— La situation est particulièrement délicate, déclara Mr Jesmond.

L'attention de Poirot se reporta sur le plus âgé de ses visiteurs. Un mot suffisait à dépeindre Mr Jesmond : la discrétion. Tout en lui était discret : ses vêtements, bien coupés, mais que rien ne faisait remarquer, sa voix plaisante et distinguée et qui s'élevait rarement au-dessus de l'agréable monotonie, ses cheveux châtains qui commençaient à s'éclaircir aux tempes, son visage grave et pâle. Hercule Poirot pensa qu'au cours de sa vie, il avait rencontré non pas un Mr Jesmond, mais une douzaine, et que chacun d'entre eux, tôt ou tard, avait prononcé la même phrase : « ... une situation particulièrement délicate ».

— La police peut être tout à fait discrète, vous savez, dit Poirot.

Jesmond secoua la tête.

— Non, pas la police, dit-il. Pour retrouver ce que nous voulons retrouver, il faudra presque inévitablement recourir aux tribunaux et nous savons si peu !... Nous soupçonnons, nous ne savons pas.

— Vous avez toute ma sympathie, répéta Poirot.

Si le Belge s'imaginait que sa sympathie avait une valeur quelconque pour ses deux visiteurs, il se trompait. Ce n'était pas de la sympathie qu'ils voulaient, mais une aide positive. Mr Jesmond revint aux délices du Noël anglais.

— C'est une tradition qui se perd, vous savez, que celle du vrai Christmas, tel qu'on le célébrait jadis. De nos jours, les jeunes réveillonnent dans les hôtels, mais un Noël anglais, avec toute la famille réunie, les enfants et leurs bas pleins de cadeaux, l'arbre de Noël, les dindes, le plum-pudding, les papillotes avec les pétards, le bonhomme de neige devant la fenêtre...

Par souci de l'exactitude, Hercule Poirot protesta :

— Pour faire un bonhomme de neige, il faut avoir de la neige, dit-il prosaïquement, et on ne peut pas l'avoir sur commande, même pour un Noël anglais.

— Pas plus tard que ce matin, je bavardais avec

un de mes amis qui est à l'office météorologique, et il m'a assuré qu'on prévoyait de la neige pour Noël, répliqua Mr Jesmond.

Ce n'était pas ça qu'il fallait dire. Hercule Poirot se mit à frissonner plus violemment que jamais.

— La neige à la campagne ! s'écria-t-il. Ce serait encore plus abominable ! Une grande maison toute en pierre, glaciale !

— Mais pas du tout, reprit Mr Jesmond. Les choses ont bien changé pendant les dix dernières années. Il y a le chauffage central au mazout à Kings Lacey.

— Le chauffage central au mazout ! répéta Poirot.

Pour la première fois, il paraissait ébranlé. Mr Jesmond saisit l'occasion.

— Mais bien sûr. Des radiateurs dans toutes les chambres et l'eau chaude, bouillante, partout. Je vous l'assure, mon cher monsieur Poirot, Kings Lacey est délicieusement confortable en hiver. Vous risquez même de trouver qu'il fait trop chaud dans la maison.

— C'est peu probable, dit Hercule Poirot.

Avec une habileté consommée, Mr Jesmond modifia légèrement l'orientation de l'entretien.

— Vous vous rendez compte du terrible dilemme dans lequel nous nous trouvons, dit-il sur le mode confidentiel.

Hercule Poirot approuva d'un signe de tête. Le problème n'avait, en effet, rien d'agréable. Un jeune prince, futur potentat, fils unique du souverain d'un important état oriental, était à Londres depuis quelques semaines. Son pays venait de traverser une période d'agitation et de mécontentement. Bien que loyale à son père, constamment fidèle au mode de vie oriental, la population doutait quelque peu de celui qui représentait la nouvelle génération. Ses folies de jeunesse avaient été de style occidental, et, à ce titre, désapprouvées par l'opinion publique.

Récemment, toutefois, on avait annoncé ses fiançailles avec une jeune fille du même sang que lui, qui bien qu'instruite à Cambridge, ne laissait paraître, depuis son retour dans son pays, aucune influence occidentale. Le jour du mariage était fixé, et le jeune prince s'était rendu à Londres, apportant avec lui quelques-unes des admirables pierres de la couronne pour confier à Cartier le soin de les mettre mieux en valeur dans des montures modernes appropriées. Parmi ces gemmes se trouvait un rubis de renommée mondiale, auquel le célèbre joaillier, après l'avoir retiré d'un collier archaïque et lourd, avait donné un aspect tout nouveau. Jusque-là tout allait pour le mieux. C'est ensuite que commencèrent les difficultés. Il ne fallait pas s'attendre à ce qu'un tout jeune homme d'humeur joyeuse et doté d'une énorme fortune s'abstiendrait de quelques légèretés. Nul ne songeait à l'en blâmer. C'est ainsi que les jeunes princes sont censés se distraire. S'il emmenait la belle amie de quelques jours faire un tour à Bond Street et lui offrait un bracelet d'émeraudes ou un clip de diamants en remerciement des instants agréables passés avec elle, ce serait considéré comme naturel et même convenable. Cela correspondait à la Cadillac que son père offrait invariablement à la danseuse qui avait su lui plaire.

Mais le prince s'était montré beaucoup plus inconsidéré. Flatté de l'intérêt que lui témoignait la belle, il lui avait montré le fameux rubis dans sa nouvelle monture et, finalement, avait poussé l'imprudence jusqu'à lui permettre de le porter... rien qu'un soir !

La suite fut courte et triste. La demoiselle avait quitté « pour un instant » la table où ils soupaient sous le prétexte de se poudrer le nez. Le temps passa sans qu'elle reparût... Elle avait quitté l'établissement par une porte dérobée, et, depuis lors, s'était volatilisée dans l'espace. Chose plus importante et plus douloureuse : le rubis s'était volatilisé avec elle.

Tels étaient les faits. Les rendre publics aurait entraîné les plus graves conséquences. Ce rubis n'était pas seulement une pierre admirable. Il faisait partie d'un patrimoine historique dont la signification importait plus encore que la valeur, et les circonstances de sa disparition étaient telles que d'en parler risquait de déchaîner les complications politiques les plus sérieuses.

Mr Jesmond n'était pas homme à les exposer en termes clairs. Il les enveloppa de circonlocutions et d'un interminable verbiage. Qui, au juste, était Mr Jesmond ? Hercule Poirot l'ignorait. Il avait rencontré bien d'autres Mr Jesmond dans sa carrière. Relevait-il du ministère de l'Intérieur, de celui des Affaires étrangères ou d'un service encore plus secret de l'administration ? Cela n'avait pas été spécifié. Il agissait dans l'intérêt du Commonwealth. Il fallait retrouver le rubis.

Il dit enfin avec une assurance pleine de délicatesse :

— Monsieur Poirot, vous seul pouvez le retrouver.

Poirot l'admit :

— Peut-être... oui. Mais ce que vous me dites est si peu de choses !... Des impressions, une vague suspicion... c'est peu comme point de départ.

— Allons, monsieur Poirot, ce n'est sûrement pas au-dessus de vos capacités. Voyons, décidez-vous.

— Je ne réussis pas toujours.

Fausse modestie. Le ton de Poirot laissait entendre que pour lui, entreprendre était presque synonyme de réussir.

— Son Altesse est très jeune. Il serait désolant que sa vie entière fût gâchée pour une simple inconséquence de jeunesse, dit Mr Jesmond.

Poirot regarda gentiment le garçon effrondré dans son fauteuil.

— Quand on est jeune, c'est le moment de faire des folies, dit-il avec indulgence. En général, ça a moins d'importance ; le papa paie, le notaire de la famille est là pour aider à débrouiller l'affaire. Le jeune homme y gagne de l'expérience et tout finit bien... Dans une situation comme la vôtre, c'est vraiment pénible. Votre prochain mariage.

— Mais c'est ça ! C'est justement ça !...

Pour la première fois les mots se pressaient sur les lèvres du jeune prince.

— Vous comprenez, ma fiancée est très sérieuse. Elle ne plaisante pas avec les devoirs de la vie. A Cambridge, elle a acquis beaucoup d'idées nouvelles. On créera des écoles dans mon pays, l'instruction sera accessible à tous... et beaucoup d'autres choses. Tout cela au nom du progrès, de la démocratie. Elle dit que ce ne sera plus comme du temps de mon père. Elle sait qu'à Londres, je prends... des distractions. Mais il ne faut pas de scandale. Non, bien sûr. Jamais de scandale, c'est ce qui importe. Vous comprenez, ce rubis est connu dans tout l'univers. Il a une longue vie derrière lui dans l'histoire. Beaucoup de sang a été répandu à cause de lui, beaucoup de gens sont morts.

— Des morts ! dit Hercule Poirot. Il faut espérer que nous ne verrons plus ça.

Il regarda Mr Jesmond. Celui-ci émit un petit gloussement un peu comme une poule qui aurait décidé de pondre un œuf et se serait ravisée. Puis il dit, l'air un peu guindé :

— Non, non certainement. Il n'est question, j'en suis sûr, de rien de semblable.

— On ne peut jamais être sûr, dit Poirot. Quel que soit le détenteur actuel du rubis, il peut y avoir d'autres personnes qui le convoitent et que de telles bagatelles n'arrêteraient pas, mon bon ami.

Jesmond reprit, d'un air plus guindé que jamais :

— Je ne crois pas que nous devions envisager une éventualité de cet ordre.

— Moi, savez-vous, dit Poirot redevenu soudain très belge, je suis comme les politiciens, j'envisage toutes les possibilités.

Mr Jesmond le regarda une seconde, avec perplexité, puis se ressaisit.

— Je peux donc considérer que nous sommes d'accord, monsieur Poirot ? Vous irez à Kings Lacey ?

— Comment expliquer ma présence là-bas ?

Mr Jesmond sourit.

— Je ne crois pas que cela pose de problème, dit-il. Je puis vous assurer que tout paraîtra absolument naturel. Les Lacey sont des gens charmants. Vous les trouverez sûrement agréables.

— Et vous ne me racontez pas d'histoires avec le chauffage au mazout ?

Mr Jesmond parut vraiment attristé.

— Non, mais non. Je vous promets que vous trouverez là-bas tous les conforts.

— Tout le confort moderne, grommela Poirot. Eh bien, j'accepte.

CHAPITRE II

Il y avait au moins vingt-deux degrés dans le grand salon de Kings Lacey. Hercule Poirot, confortablement installé dans l'embrasure d'une des hautes fenêtres à meneaux, bavardait avec Mrs Lacey. Celle-ci continuait avec simplicité sa couture. Il ne s'agissait ni de « petit point », ni de broderie de fleurs sur du satin. Elle ourlait des torchons de cuisine, ce qui ne l'empêchait pas de parler. Elle avait une voix douce et grave que Poirot trouva charmante.

— J'espère que notre fête de Noël vous plaira, monsieur Poirot. Il n'y a que la famille, vous savez. Ma petite-fille et un de mes petits-fils avec son meilleur camarade, Bridget, ma petite-nièce, Diana, sa cousine, et David Welwyn, qui est un de leurs amis de toujours. Une simple réunion de famille. Mais Edwina Morecombe nous a dit que c'était cela que vous vouliez voir. Un vrai Noël anglais d'autrefois. Personne n'est plus vieux jeu que nous. Voyez-vous, mon mari vit complètement dans le passé. Il aime que tout soit exactement comme lorsqu'à douze ans il venait ici pour ses vacances de Noël.

Mrs Lacey sourit à ces souvenirs et reprit :

— Toutes les mêmes vieilles choses qu'autrefois : l'arbre de Noël, les bas suspendus, la soupe aux huîtres, la dinde, c'est-à-dire les deux dindes, l'une bouillie et l'autre rôtie, et le plum-pudding dans lequel on a mis la bague, le bouton pour le vieux garçon, la pièce de monnaie et tout le reste. Aujourd'hui on ne peut plus mettre de pièce de six pence, il n'y en a plus en argent, mais aucun des ingrédients de jadis n'y manque : raisins de Smyrne et de Malaga, raisins de Corinthe, amandes, fruits confits, gingembre. Mon Dieu ! j'ai l'air de réciter le catalogue de Fortnum et Mason.

— J'en ai l'eau à la bouche, madame.

— J'imagine que d'ici demain soir, nous aurons tous d'épouvantables indigestions. De nos jours, on a perdu l'habitude de manger autant !

Des cris joyeux et des éclats de rire sous la fenêtre l'interrompirent. Elle regarda au-dehors.

— Je ne sais pas ce qu'ils font là, dans l'allée. Ils ont dû inventer un jeu nouveau. Vous comprenez, j'ai toujours peur que cette jeunesse ne trouve notre Noël fastidieux mais c'est tout le contraire. Mon fils, ma fille et leurs amis tordaient un peu le nez sur notre Noël campagnard. Tout ça, prétendaient-ils, ce n'était que des bêtises et beaucoup trop de tintouin, il aurait bien mieux valu aller à l'hôtel, n'importe où, pour danser. Mais la petite génération a l'air de trouver que c'est follement amusant. De plus, ces enfants qui sont pensionnaires, les garçons comme les filles, sont toujours affamés. Je pense qu'on ne leur donne rien à manger dans leurs écoles, vous ne croyez pas ? D'ailleurs, c'est un fait connu qu'à cet âge-là les enfants mangent par jour à peu près trois fois autant qu'un homme vigoureux.

Poirot éclata de rire.

— C'est infiniment aimable de votre part, et de la part du colonel Lacey, de m'acueillir comme vous le faites dans votre réunion de famille.

— Je vous assure que nous en sommes enchantés tous les deux. Si vous trouvez Horace un peu renfrogné, n'y faites pas attention ; il est toujours comme ça.

En réalité, son mari avait dit en propres termes :

« — Je me demande fichtre ! pourquoi tu vas nous encombrer de cet animal de Belge ici pour Noël. On ne pourrait pas le recevoir à un autre moment ? Je ne peux pas blairer les étrangers. Oh ! je sais, je sais. C'est Edwina Morecombe qui nous l'a collé. Je me demande de quoi elle se mêle. Qu'elle l'invite donc à passer Noël chez elle !

« — Mais, Horace, tu sais bien qu'Edwina va toujours réveillonner au *Claridge*, avait répondu Mrs Lacey.

« Avec un regard méfiant son mari avait demandé :

« — Tu manigances quelque chose, hein, Emmy ?

« — Moi ? Quelle idée ! Bien sûr que non.

« Et ouvrant de grands yeux, bleus comme des myosotis, elle avait ajouté :

« — Qu'est-ce que tu veux que je manigance ?

« Le vieux colonel s'était mis à rire.

« — Je te connais, Emmy. C'est quand tu as l'air le plus innocent que tu es en train de combiner quelque histoire. »

Tout en se remémorant cette conversation, Mrs Lacey enchaîna :

— Edwina pensait que vous pourriez peut-être nous aider... A vrai dire, je ne vois pas très bien comment, mais elle m'a assuré que vous aviez été d'un réel secours à certains de nos amis communs, dans un cas assez... semblable au nôtre. Je... mais peut-être ne savez-vous pas de quoi il s'agit ?

Poirot la regarda avec sympathie. Mrs Lancey avait près de soixante-dix ans ; elle se tenait droite comme I ; ses cheveux, blancs comme la neige, encadraient des joues roses, des yeux bleus, un petit nez ridicule et un menton volontaire.

— Si je puis faire quoi que ce soit pour vous, madame, j'en serais trop heureux. Je crois savoir qu'il s'agit d'une inclination assez malencontreuse de la part d'une jeune fille.

Mrs Lacey acquiesça d'un signe.

— Oui. Cela peut paraître étrange que je... enfin que je désire vous en parler. Après tout, vous m'êtes totalement inconnu...

— Et je ne suis pas anglais, qui plus est, ajouta Poirot, évidemment prêt à l'écouter avec compréhension.

— Oui, dit Mrs Lacey. Mais dans un certain sens, ça rend les choses plus simples. Quoi qu'il en soit, Edwina pense que vous pourriez peut-être savoir quelque chose... comment dirai-je ?... Quelque chose qui nous serait utile au sujet de ce jeune Desmond Lee-Wortley.

Poirot ne répondit pas tout de suite. En lui-même, il admirait l'habileté de Mr Jesmond et l'aisance avec laquelle celui-ci s'était servi de lady Morecombe pour arriver à ses fins.

Il commença prudemment.

— Si j'ai bien compris, c'est un jeune homme dont la réputation n'est pas excellente.

— Certainement pas, sa réputation est exécrable ! Mais là n'est pas la question. Dans un cas comme celui de Sarah, il est inutile, n'est-ce pas, de dire qu'un homme a une mauvaise réputation. Ça ne fait qu'émoustiller davantage la jeune fille.

— Très juste.

— Dans ma jeunesse, continua Mrs Lacey (oh ! mon Dieu, qu'il y a longtemps !), on nous mettait en garde contre tel ou tel jeune homme et, naturellement, cela ne faisait qu'accroître son prestige à nos yeux, et si on se débrouillait pour danser avec lui, ou pour se trouver seule avec lui dans un jardin d'hiver un peu sombre...

Elle rit et ajouta :

— C'est pourquoi je ne veux pas laisser Horace diriger la manœuvre.

— Voyons, dit Poirot, expliquez-moi bien ce qui vous tourmente.

— Voilà : notre fils a été à la guerre. Notre belle-fille est morte en mettant Sarah au monde, de sorte que l'enfant a toujours vécu avec nous. C'est nous qui l'avons élevée. Peut-être avons-nous été imprudents, mais nous avons pensé qu'il fallait toujours la laisser aussi libre que possible.

— Il me semble que c'est la sagesse, madame. On ne peut aller contre l'esprit de son temps.

— Je crois que Sarah suit la mode. « Sa bande » se retrouve dans des bars. Il faut faire comme a Saint-Germain-des-Prés ! Elle ne veut pas aller danser chez des gens que nous connaissons, ni sortir avec des jeunes filles et des garçons de notre milieu, être simplement une « débutante ». Rien de tout ça. Elle a loué deux pièces plutôt vilaines à Chelsea, tout en bas, près de la Tamise, et elle s'affuble de ces drôles de vêtements dont toutes les filles raffolent, avec des bas noirs ou vert billard. Des gros bas épais qui vous grattent les jambes. Elle sort sans se laver, sans même se coiffer...

— Rien n'est plus normal, dit Poirot. C'est la mode. Elles changeront.

— Je sais bien, reprit Mrs Lacey. Ce n'est pas là

ce qui me tracasse, mais, voyez-vous, elle s'est toquée de ce Desmond Lee-Wortley, et, vraiment, ce qu'on sait de lui n'a rien d'agréable. Il se fait plus ou moins entretenir par des filles riches. Elles en sont toutes folles. Il s'en est fallu de rien qu'il épouse la petite Hope. La famille est intervenue à temps ; on l'a pourvue d'un conseil judiciaire ou quelque chose dans ce genre. Horace prétend que nous devons en faire autant pour Sarah si nous voulons la sauver. Mais moi, monsieur Poirot, je ne crois pas cette idée bonne parce que je sais ce qui arrivera. Ils fileront ensemble en Ecosse, en Irlande, en Argentine, Dieu sait où, pour se marier, ou pour vivre en ménage sans être mariés. Mettez que ce soit mépris des traditions, des usages... ce n'est tout de même pas une solution, n'est-ce pas ? Surtout s'il y a un bébé en route. A ce moment-là, on est bien obligé de céder et de les marier, et j'ai l'impression que ça finit le plus souvent par un divorce. Alors la fille revient dans sa famille et, au bout d'un an ou deux, elle est calmée, elle épouse un homme tellement comme il faut qu'il en est rasant. Mais je trouve ça navrant, surtout s'il y a un enfant. Ce n'est jamais la même chose pour un gosse d'être élevé par un beau-père, si bien qu'il soit. Non, je crois qu'il vaut beaucoup mieux agir comme on le faisait quand j'étais jeune. La première fois, on tombait régulièrement amoureuse de quelqu'un de très mal. Je me souviens d'avoir eu une horrible passion pour un garçon qui s'appelait... allons, comment s'appelait-il ? C'est tout de même drôle, je n'arrive pas à retrouver son nom de baptême ! Tibbitt, c'était son nom de famille ; le jeune Tibbitt. Naturellement, mon père lui avait à peu près interdit de venir à la maison, mais il était invité aux mêmes soirées que moi et nous dansions ensemble. Quelquefois nous arrivions à nous échapper pour aller causer dans un coin tranquille. Des amis organisaient des pique-niques où nous allions tous les deux. Bien sûr, c'était formellement interdit, affolant et délicieux. Mais on ne... on n'allait pas jusqu'où vont les jeunes filles d'aujourd'hui. Au bout d'un certain temps, les « monsieur Tibbitt » perdent leur prestige, et figurez-vous que lorsque j'ai revu celui-là quatre ans plus tard, je me suis demandé ce que j'avais pu lui trouver d'intéressant. Il m'a paru tellement ordinaire, bruyant, superficiel, sans vraie conversation !

— On se figure que tout était mieux quand on était jeune, dit Poirot sentencieusement.

— Je sais bien. C'est ennuyeux. Je ne veux pas être ennuyeuse. Mais tout de même, je ne veux pas que Sarah, qui, au fond, est un amour de fille, épouse Desmond Lee-Wortley. David Welwyn, qui passe aussi Noël avec nous, et elle étaient très grands amis ! Ils s'entendaient à merveille, et nous espérions, Horace et moi, qu'ils se marieraient. Mais maintenant elle trouve David terne. Elle est amoureuse folle de ce Desmond.

— Je ne comprends pas très bien, madame. Ce Mr Desmond Lee-Wortley, il est chez vous, en ce moment ? Dans votre maison ? demanda Poirot.

— C'est moi qui l'ai voulu. Horace trouvait qu'il fallait interdire à Sarah de le voir. Bien sûr, quand Horace était jeune, le père ou le tuteur de la jeune fille serait allé trouver le jeune homme chez lui avec une cravache... Horace voulait à toute force empêcher le garçon de venir chez nous et la fille de le voir... Je lui ai démontré que c'était la dernière chose à faire. J'ai dit : « Non, invitons-le à Kings-Lacey. Il passera les fêtes de Noël avec nous, dans la famille. » Mon mari m'a dit que j'étais folle. Mais je lui dis : Mon ami, essayons toujours. Que Sarah le voie dans notre atmosphère, dans notre maison familiale. Nous serons très aimables avec lui, très polis ; peut-être qu'alors, elle le trouvera moins intéressant. »

— Je crois que votre raisonnement est à retenir, madame. Votre point de vue me paraît très sage, plus que celui de votre mari.

— Je l'espère, dit Mrs Lacey avec un soupir. Jusqu'à présent mon idée n'a pas l'air très efficace. Il est vrai que Desmond n'est ici que depuis deux jours.

Elle se tut et une fossette apparut sur sa joue ridée.

— Il faut que je vous avoue, monsieur Poirot, que moi-même, je ne puis m'empêcher de lui trouver un certain attrait. Ce n'est pas qu'il me plaise vraiment, mais je suis sensible à son charme. Je vois parfaitement ce que Sarah voit en lui, mais j'ai assez d'années et d'expérience pour savoir que c'est un vaurien, même si sa compagnie m'est agréable. Et pourtant, il n'est pas sans qualités, il a demandé la permission d'amener ici sa sœur qui était encore à la clinique où elle vient d'être opérée. Il trouvait trop triste pour elle de passer Noël dans une maison de santé, et il a demandé simplement si ça ne me dérangerait pas trop qu'elle vienne avec lui. Il lui monterait ses repas dans sa chambre. C'était plutôt gentil de sa part. Vous ne trouvez pas ?

Poirot restait pensif.

— C'est une preuve de charité qui s'accorde mal avec ce que l'on sait de lui.

— Peut-être pas, reprit Mrs Lacey. Ce n'est pas parce qu'on cherche à tirer profit d'une fille riche qu'on aime moins les siens. Sarah sera très riche, vous savez. Ce qu'elle héritera de nous est peu de chose. La plus grande partie des capitaux ira, avec le château, à Colin, notre petit-fils. Mais la mère de

Sarah avait une très grosse fortune dont elle aura la jouissance dès qu'elle sera majeure. Elle a juste vingt ans. Non, je trouve que c'est bien de la part de Desmond de se préoccuper de sa sœur. Il ne l'a pas présentée comme quelqu'un d'extraordinaire. Je crois qu'elle est sténotypiste. Elle est secrétaire dans je ne quelle affaire à Londres. Et il a fait comme il l'avait dit : il lui monte ses plateaux ; pas toujours, bien sûr, mais très souvent. Ce qui, d'ailleurs, ne change rien à la question : je ne veux pas que Sarah l'épouse, conclut Mrs Lacey d'un ton catégorique.

— D'après tout ce que je sais et tout ce que l'on m'a dit, ce serait désastreux, dit Poirot.

— Croyez-vous pouvoir nous aider ?

— Je crois que ce n'est pas impossible, dit Poirot, je ne puis rien promettre. Voyez-vous, madame, les gens comme Desmond Lee-Wortley sont fort habiles. Pourtant, ne désespérez pas. Je ferai, en tout cas, de mon mieux, quand ce ne serait que pour vous remercier de la bonté avec laquelle vous m'avez invité à participer à votre fête de Noël. Et, de nos jours, ce ne doit pas être si facile d'organiser une vraie fête comme celle-là.

— Non, certes, dit Mrs Lacey en soupirant.

Elle se rapprocha de lui.

— Savez-vous, monsieur Poirot, quel est mon rêve ?... Ce que je souhaite vraiment ?

— Dites-le-moi, madame.

— J'ai follement envie d'avoir un tout petit bungalow moderne. Non, peut-être pas exactement un bungalow, mais une petite maison moderne, facile à entretenir, construite n'importe où dans le parc, pour y habiter. Une petite maison avec une jolie cuisine ultra-moderne, tous les appareils électriques, et pas de corridors interminables ! Tout simple et facile.

— Mais c'est un rêve tout à fait réalisable, madame.

— Pas pour moi. Mon mari adore ce château. Il n'est heureux qu'ici. L'inconfort lui est indifférent. Ça lui est égal d'en supporter les inconvénients et il aurait horreur, mais là horreur, d'habiter une petite maison moderne, même dans le parc.

— Alors vous vous sacrifiez.

Mrs Lacey se redressa.

— Je ne considère pas cela comme un sacrifice, dit-elle. J'ai épousé mon mari avec le désir de le rendre heureux. Il a été pour moi un excellent mari pendant de longues années. Il m'a rendue parfaitement heureuse et je ne souhaite rien tant que de lui donner du bonheur.

— De sorte que vous continuez à vivre ici, dit Poirot.

— A vrai dire, ce n'est pas trop inconfortable.

— Non, bien au contraire, s'écria Poirot. Que pourrait-on trouver de mieux, avec ce chauffage et l'eau bouillante dans toutes les salles de bains ?

— Nous avons dépensé beaucoup d'argent pour rendre la maison vraiment agréable à habiter, dit simplement Mrs Lacey. Nous avons vendu une parcelle de terrain sur laquelle on prévoyait un lotissement ; c'était assez loin, heureusement, et hors de la vue de la maison, de l'autre côté du parc. Un terrain sans intérêt, sans perspective, mais nous l'avons vendu un très bon prix, ce qui nous a permis de faire ici toutes les améliorations possibles.

— Mais le service, madame ?

— Eh bien, ça présente moins de difficultés qu'on ne le croirait. On ne peut plus s'attendre à être servi comme on en avait l'habitude. J'ai des personnes différentes qui viennent du village. Deux femmes le matin, deux autres pour préparer le déjeuner et faire la vaisselle et d'autres encore pour le soir. Beaucoup de gens ne demandent qu'à venir travailler pourvu que ça ne dure que quelques heures. Pour Noël j'ai beaucoup de chance : ma chère Mrs Ross vient tous les ans à Kings Lacey. C'est une cuisinière hors ligne, vraiment remarquable. Elle s'est retirée chez elle il y a une dizaine d'années, mais elle vient à mon secours chaque fois que j'en ai besoin. Et puis, il y a mon cher Peverell.

— Votre maître d'hôtel ?

— Oui. Il a une petite retraite et il habite la maisonnette qui est tout près de la loge, mais il est si dévoué ! C'est lui qui tient à venir faire notre service au moment de Noël. En réalité, ça m'épouvante, monsieur Poirot. Il est vieux ; il est branlant. Quand il porte un objet lourd, j'ai toujours peur qu'il ne le laisse tomber. C'est un supplice pour moi. Il n'a pas le cœur très solide ; je crains qu'il n'en fasse trop ; mais ça le vexerait horriblement si je ne le laissais pas venir. Il grogne et il gémit quand il voit dans quel état est notre argenterie, et en trois jours, il lui a rendu tout son éclat. C'est un cher et fidèle ami.

Elle sourit à Poirot en disant cela et ajouta :

— Vous voyez que nous sommes parés pour passer un joyeux Noël, et un Noël tout blanc. Il commence à neiger. Voici les enfants qui rentrent. Il faut que je vous les présente, monsieur Poirot.

Les présentations se firent selon les règles : d'abord Colin, le petit-fils et son camarade Michaël, tous deux pensionnaires, deux gentils garçons d'une quinzaine d'années, l'un brun, l'autre blond ; puis leur cousine Bridget, à peu près leur contemporaine, très brune, et qu'on sentait pleine d'une formidable vitalité.

— Et voici ma petite-fille Sarah, dit Mrs Lacey.

Sarah intéressait beaucoup Poirot. Il la trouva très nerveuse, mais elle semblait avoir une sincère affection pour sa grand-mère, et sa tignasse rousse ébouriffée n'enlevait rien à son charme.

— Je vous présente Mr Lee-Wortley, continuait Mrs Lacey.

Mr Lee-Wortley, vêtu d'un chandail en grosse laine tricotée et d'un pantalon noir très collant, portait les cheveux longs et ne s'était apparemment pas rasé de la journée. Après lui vint David Welwyn. On ne pouvait imaginer deux êtres plus dissemblables. Le second, solide et tranquille, avait un bon sourire et usait visiblement de l'eau et du savon. Enfin, Mrs Lacey nomma Diana Middleton, une belle jeune femme aux yeux profonds.

On apporta le thé accompagné de scones, de crumpets [1], de sandwiches variés et de trois sortes de cakes. Un vrai repas auquel les plus jeunes firent sérieusement honneur. Le colonel Lacey arriva le dernier et dit sans se compromettre :

— Ah ! le thé est là ? Eh bien ! va pour le thé !

Il prit la tasse que sa femme lui tendait, mit deux scones dans la soucoupe et, tout en jetant un regard hostile à Desmond Lee-Wortley, il alla s'asseoir aussi loin de lui qu'il le put. Le colonel était grand et gros et, avec sa figure rouge et tannée, ses sourcils en broussaille, on l'aurait plutôt pris pour un de ses fermiers que pour le maître du château.

— Il commence à neiger, dit-il. Nous allons avoir un vrai Noël.

Après le thé, on se dispersa. Mrs Lacey suivait d'un regard attendri son petit-fils qui sortait de la salle à manger.

— Maintenant, ils vont s'amuser avec leurs ma-

1. Crumpets : petites crêpes peu sucrées.

gnétophones, dit-elle à Poirot, du même ton qu'elle aurait dit : « Les enfants vont jouer avec leurs soldats de plomb. »

Et elle ajouta :

— Naturellement, ils sont tous techniciens et ils se prennent très au sérieux.

Mais Bridget et les deux garçons avaient décidé d'aller jusqu'à l'étang pour voir si l'épaisseur de la glace permettrait bientôt de patiner.

— Moi, déclara Colin, j'aurais cru qu'on pouvait patiner dès ce matin, mais le père Hodkins dit que non. Pour la prudence, il ne craint personne, celui-là !

— Allons nous promener, David, dit doucement Diana Middleton.

David hésita une demi-seconde. Il regarda les cheveux cuivrés de Sarah. Celle-ci, tout près de Desmond, la main posée sur son poignet, l'interrogeait des yeux.

— C'est ça, dit enfin David. Allons nous promener.

Diana passa vivement son bras sous celui du jeune homme, et ils sortirent par la porte du jardin.

— On y va aussi, Desmond ? On étouffe dans la maison, dit Sarah.

— Tu as envie de marcher toi ? demanda Desmond. Attends, je vais chercher ma voiture. Nous irons prendre un pot au *Cochon Rose*.

Sarah restait indécise.

— Allons plutôt à Market Ledbury, à la *Biche Blanche*, c'est bien plus gai, dit-elle enfin.

Bien qu'elle ne l'eût avoué pour rien au monde, Sarah répugnait à se montrer au « bistrot » de son village en compagnie de Desmond. Ce n'était pas dans la tradition des Lacey. Les femmes de Kings Lacey n'avaient jamais fréquenté le bar du *Cochon Rose*. Elle sentait confusément que ce serait renier le vieux colonel et sa femme. « Et pourquoi pas ? »

aurait demandé Desmond Lee-Wortley. Pendant une seconde, cette idée exaspéra la jeune fille. Il aurait pourtant pu comprendre « pourquoi ». On ne va pas révolutionner deux vieux amours comme grand-père et ma chère vieille Emmy quand ce n'est pas indispensable ! Ils s'étaient montrés épatants tous les deux en la laissant mener la vie qu'elle voulait. Ils ne comprenaient pas le moins du monde pourquoi elle tenait à vivre comme elle le faisait, mais ils l'acceptaient... C'était bien grâce à Emmy. Seul, grand-père en aurait fait une histoire de tous les diables.

Sarah ne se faisait pas d'illusion sur l'attitude de son grand-père. L'idée d'inviter Desmond à Kings Lacey ne venait pas de lui, mais d'Emmy. Emmy avait toujours été un trésor.

Lorsque Desmond partit chercher sa voiture, Sarah entrouvrit la porte du salon et dit :

— Nous allons jusqu'à Market Ledbury, prendre un verre à la *Biche Blanche.*

C'était comme un petit défi, mais Mrs Lacey ne parut pas s'en apercevoir.

— Bien, ma chérie, amusez-vous bien ! David et Diana sont allés faire un tour. Je suis contente parce que je crois vraiment que le ciel m'a inspirée quand j'ai invité Diana. Elle est restée veuve si jeune. Vingt-deux ans ! J'espère qu'elle se remariera bientôt.

Sarah la regarda vivement.

— Qu'est-ce que vous mijotez, Emmy ?

— C'est mon petit secret, dit gaiement Mrs Lacey. Je crois que Diana est exactement la femme qu'il faut à David. Je sais bien qu'il a été très amoureux de toi, ma chérie. Ce n'était pas réciproque, et je comprends qu'il ne soit pas ton type d'homme. Mais je voudrais qu'il ne soit plus malheureux et je crois que Diana lui conviendrait tout à fait.

— Quelle marieuse vous êtes, Emmy !

— Toutes les vieilles dames le sont. Il me semble que Diana le trouve assez à son goût. Tu ne crois pas que ce serait très heureux ?

— Non, pas précisément. Diana est bien trop... trop profonde, trop sérieuse. Je crois que David s'ennuierait beaucoup s'il était marié avec elle.

— Nous verrons bien, dit Mrs Lacey. En tout cas, tu ne le regretterais pas pour toi, ma chérie ?

— Non, bien sûr, dit aussitôt Sarah.

Et elle ajouta, tout d'une haleine :

— Desmond vous plaît, n'est-ce pas, Emmy ?

— Je suis sûre que c'est un très gentil garçon.

— Grand-père ne l'aime pas, lui.

— Tu ne pouvais guère t'y attendre de la part de ton grand-père, dit Mrs Lacey. Il s'y habituera probablement et changera d'avis. Vois-tu, chérie, il ne faut pas le brusquer. Quand on est vieux, on a de la peine à changer d'avis et ton grand-père *est* obstiné.

— Ça m'est bien égal, ce que pense grand-père ou ce qu'il dit, répartit Sarah. J'épouserai Desmond quand je voudrai.

— Je sais, je sais, mon petit. Essaie tout de même de voir les choses comme elles sont. Ton grand-père peut créer de graves difficultés. Tu n'es pas encore majeure. Dans un an, tu pourras faire ce que tu voudras. Je suis sûre que, bien avant ça, Horace sera de ton avis.

— Vous êtes avec moi, n'est-ce pas, grand-mère chérie ? s'écria Sarah, en jetant les bras autour du cou de Mrs Lacey et en l'embrassant tendrement.

— Je veux que tu sois heureuse, déclara Mrs Lacey. Tiens, voici ton jeune homme avec sa voiture. J'aime ces pantalons très collants que mettent les garçons aujourd'hui. Ça a beaucoup de chic... Seulement ça fait ressortir les genoux cagneux.

« Tiens, c'est vrai, se dit Sarah, Desmond a les genoux cagneux. »

Elle ne s'en était jamais aperçue.

— Sauve-toi, ma chérie, et amuse-toi bien, dit Mrs Lacey.

Elle regarda sa petite-fille monter en voiture et se souvint brusquement de son invité belge. Elle retourna à la bibliothèqyue et, en ouvrant la porte, elle s'aperçut qu'Hercule Poirot faisait un petit somme dans son fauteuil. Elle se retira en souriant et alla jusqu'à la cuisine conférer avec Mrs Ross.

— Alors tu viens, ravissante ? dit Desmond. La famille fait des histoires parce qu'on va au bistrot ? Ils sont nés avant le déluge !

— Ils n'ont pas fait la moindre histoire, dit sèchement Sarah en s'asseyant à côté de lui.

— Quelle idée d'avoir invité ce Belge ! C'est un détective, n'est-ce pas ? Qu'est-ce qu'on veut qu'il cherche ici ?

— Il n'est pas venu en professionnel. C'est ma marraine, Edwina Morecombre, qui a demandé à Emmy de l'inviter. D'ailleurs, je crois qu'il y a longtemps qu'il ne cherche plus rien.

— Tu en parles comme d'un vieux cheval de fiacre !

— Il avait envie de voir ce que c'est qu'un Noël anglais traditionnel, dit Sarah.

Desmond eut un éclat de rire méprisant :

— Quelle fichaise encore que tout ça ! Ce que je me demande, c'est comment tu peux le supporter.

Sarah rejeta en arrière sa toison rousse et, avec un mouvement agressif du menton :

— Parce que j'aime ça ! dit-elle d'un ton tranchant.

— Tu charries, bébé ! On va s'arranger pour y

couper. Demain on ira à Scarborough, ou ailleurs.

— Ce n'est pas possible.

— Pourquoi ?

— Ça leur ferait de la peine.

— Oh ! la barbe. Tu sais comme moi que ces sottises puériles et sentimentales ne t'amusent pas.

— M'amuser, peut-être pas exactement, mais...

Sarah se tut. Elle se sentait presque coupable de se réjouir sincèrement de cette fête de Noël à Kings Lacey avec tous ses rites familiaux. C'était toujours pour elle un grand plaisir. Elle n'avait pas honte de cette joie, mais elle avait honte de l'avouer à Desmond. A-t-on idée d'aimer Noël et la vie de famille ? Pendant un instant elle aurait voulu que Desmond ne soit pas venu à ce moment-là. En réalité, elle aurait préféré que Desmond ne soit pas venu du tout à Kings Lacey. C'était beaucoup plus amusant de le voir à Londres qu'ici, dans la vieille maison.

Pendant ce temps, Bridget et les garçons revenaient de l'étang en discutant toujours la question du patinage. Il était déjà tombé quelques flocons ; à voir le ciel, on pouvait prédire une grosse chute de neige très prochaine.

— Ça va tomber toute la nuit, dit Colin. Je vous parie que le matin de Noël il y aura deux pieds de neige.

C'était une perspective délicieuse pour toute la bande.

— Il faut faire un bonhomme de neige.

— Seigneur ! s'écria Colin. Je n'ai pas fait de bonhomme de neige depuis des années ! Je devais avoir à peu près quatre ans !

— Je ne crois pas que ce soit très facile si on ne connaît pas les trucs, dit Bridget.

— On pourrait faire le portrait de M. Poirot. On

lui mettrait une grosse moustache. Il y en a une dans la boîte des déguisements, expliqua Colin.

— Moi, dit Michaël, ça me dépasse que M. Poirot ait jamais été détective. Je ne vois pas comment il aurait pu arriver à se faire une autre tête.

— Moi non plus. On ne se l'imagine pas allant et venant avec un microscope, cherchant des indices ou relevant des empreintes de chaussures, déclara Bridget.

— J'ai une idée, clama Colin. Nous allons lui faire une blague !

— Une blague ? Comment ça ?

— Nous allons simuler un crime.

— Ça, c'est une idée sublime ! déclara Bridget. Un corps étendu dans la neige, quelque chose dans ce genre ?

— Oui. Il se sentirait dans son élément, tu ne crois pas ?

Bridget se mit à rire.

— Je ne sais tout de même pas si ça irait jusque-là.

— S'il neige, nous aurons le décor rêvé. Un corps, des empreintes de pas... Il faut bien réfléchir. On fauchera un des poignards de grand-père et il s'agira de fabriquer du faux sang.

Ils s'arrêtèrent, sans se soucier de la neige qui commençait à tomber dru, et se lancèrent dans une discussion passionnée.

— Il y a une boîte de peinture dans la vieille salle d'études. On trouvera sûrement de quoi faire le sang. De la laque carminée, je pense.

— Non. La laque carminée est bien trop rose. Il faut quelque chose qui fasse plus marron.

— Qui fera le cadavre ? demanda Michaël.

Bridget s'exclama.

— Moi, je ferai le cadavre...

Colin lui coupa la parole :

— Dis donc, c'est moi qui ai eu l'idée !

— Non ! Non ! s'écria Bridget. Il faut que ce soit une femme, c'est forcément beaucoup plus émouvant. Une belle jeune fille gisant dans la neige...

— Une belle jeune fille ! Laisse-moi rire ! dit Michaël en se tordant.

— D'abord, j'ai les cheveux noirs.

— Qu'est-ce que ça peut faire ?

— Ça se détachera magnifiquement sur le sol tout blanc. Je mettrai mon pyjama rouge...

Michaël, toujours sensé, protesta :

— Si tu mets un pyjama rouge, les taches de sang ne se verront même pas.

— Mais tu imagines l'effet sur la neige ? reprit Bridget. Il y a des revers blancs à mon pyjama, c'est là-dessus que le sang ressortira. Oh ! ce sera épatant ! Tu crois qu'il s'y laissera prendre ?

— Sûrement, si nous faisons les choses vraiment bien, déclara Michaël. Il faut qu'il n'y ait sur la neige que tes pas et ceux de l'autre allant jusqu'au cadavre et s'en éloignant, des pas d'homme naturellement. Comme il ne voudra rien déranger, il ne se rendra pas compte que tu n'es pas morte pour de bon.

Michaël se tut, frappé par une idée soudaine, les autres le regardaient, dans l'expectative. Il finit par dire :

— Vous ne pensez pas que ça ennuiera M. Poirot ?

— Oh ! pour ça, non ! dit Bridget avec optimisme. Je suis sûre qu'il comprendra que nous ne faisons ça que pour l'amuser. Une sorte de comédie pour Noël.

Colin réfléchissait.

— Je crois qu'il ne faut pas le faire le jour de Noël, dit-il, grand-père n'aimerait pas ça.

— Le lendemain alors ? dit Bridget.

— Le lendemain, ce serait très bien, déclara Michaël.

— Et nous aurons un peu plus de temps, continua Bridget. Il y a tout de même beaucoup de choses à prévoir et à arranger. Allons examiner les accessoires.

Ils rentrèrent vivement dans la maison.

CHAPITRE III

Il y eut fort à faire ce soir-là. On avait coupé dans le parc d'énormes boules de gui et des brassées de houx, et l'arbre de Noël était dressé à un bout de la salle à manger. Tout le monde participa non seulement à la décoration de l'arbre, mais aussi à celle de la maison. On mit des branches de houx autour de tous les cadres. On suspendit une grosse boule de gui dans le hall à l'emplacement le plus favorable.

— Je n'aurais jamais imaginé que des coutumes aussi archaïques existaient encore, murmura Desmond en ricanant à l'oreille de Sarah.

— Nous l'avons toujours fait, riposta Sarah, sur la défensive.

— En voilà une raison !

— Oh ! tu m'embêtes, Desmond. *Moi,* ça m'amuse !

— Sarah, mon cœur, ce n'est pas possible !

— C'est-à-dire non, peut-être pas au fond... mais dans un sens, j'aime ça !

— Qui brave la neige pour aller à la messe de minuit ? demanda Mrs Lacey à minuit moins vingt.

— Pas moi, déclara Desmond. Viens, Sarah.

Il prit le bras de la jeune fille et l'entraîna dans la bibliothèque vers le coffre à disques.

— Il y a des limites, ma chérie. La messe de minuit !

— Oui, dit Sarah, bien sûr.

Au milieu des exclamations et des rires, Bridget, Diana, David et les deux garçons enfilèrent manteaux et bottes et se mirent en route sous la neige pour aller à l'église qui n'était qu'à dix minutes de marche de Kings Lacey. Leurs rires se perdirent bientôt dans le lointain.

— La messe de minuit ! s'écria le colonel Lacey en haussant les épaules. Je n'y suis jamais allé quand j'étais jeune ! La *messe* ! Il ne manquait plus que ça ! C'est pour les papistes !... Oh ! je vous demande pardon, monsieur Poirot.

— Ne vous excusez pas, colonel, dit Poirot avec un geste aimable. Je comprends très bien votre point de vue.

— A mon avis, le service du matin suffit à n'importe qui, continua le colonel. Le service propre de la fête, où l'on chante : « Ecoutez chanter les anges » et tous les bons vieux cantiques. Après, on rentre pour le déjeuner traditionnel. C'est bien ça, n'est-ce pas, Emmy ?

— Oui, mon ami. C'est ce que *nous* faisons. Mais les jeunes aiment assister au service de minuit. Et ça fait vraiment plaisir qu'ils en aient envie.

— Sarah et l'autre type n'en ont pas envie.

— Là, mon ami, je crois que tu te trompes, dit Mrs Lacey. Sarah le désirait je le sais, mais elle n'a pas voulu le dire.

— Je me demande pourquoi elle s'inquiète de l'opinion de ce gars-là.

— Elle est très jeune, dit tranquillement

Mrs Lacey, et elle enchaîna : Vous allez vous coucher, monsieur Poirot ? Bonne nuit. J'espère que vous allez bien dormir.

— Et vous, madame, vous ne vous reposez pas encore ?

— Pas tout de suite. J'ai les bas à remplir. Je sais bien que mes enfants sont presque des grandes personnes, mais ces bas font leur joie. On n'y met que des babioles, des petites bêtises. C'est une occasion de bien rire.

— Vous vous donnez beaucoup de peine pour que Kings Lacey soit, à Noël, la maison du bonheur, dit Poirot. C'est tout à votre honneur, madame.

Il porta galamment à ses lèvres la main qu'elle lui tendait.

— Hum ! grogna le colonel dès que Poirot eut refermé la porte. Cet animal-là aime le langage fleuri. Mais, tout de même, il t'apprécie comme tu le mérites.

Mrs Lacey sourit à son mari : des fossettes apparurent à ses deux joues.

— As-tu remarqué, Horace, que je suis juste sous le gui ? demanda-t-elle avec l'air modeste d'une jeune fille de dix-neuf ans.

Hercule Poirot entra dans sa chambre, une chambre spacieuse pourvue d'un énorme radiateur. Comme il s'approchait du grand lit à colonnes, il remarqua une enveloppe posée sur l'oreiller. Il l'ouvrit et en retira une feuille de papier sur laquelle était maladroitement tracée en caractères d'imprimerie la phrase suivante :

Ne mangez pas rien du pudding. Quelqu'un qui vous veut du bien.

Poirot lut et relut, les yeux écarquillés.

— Voilà qui est mystérieux et totalement inattendu, murmura-t-il.

CHAPITRE IV

Le déjeuner de Noël commença à deux heures de l'après-midi. Ce fut un véritable festin. Des troncs d'arbres flambaient dans la grande cheminée ; les étincelles faisaient un feu d'artifice dont les conversations et les rires dominaient pourtant les joyeux craquements. Au potage aux huîtres, avaient succédé deux énormes dindes, qui repartirent pour la cuisine à l'état de carcasses. C'était le moment suprême : l'arrivée en grand apparat du plum-pudding. Le vieux Peverell, malgré ses quatre-vingts ans, ses mains et ses genoux branlants, n'avait pas toléré qu'un autre que lui l'apportât. Mrs Lacey le suivait des yeux, les mains jointes, contractées par l'angoisse. Elle était persuadée qu'un jour de Noël, Peverell tomberait mort en entrant avec le pudding. Il fallait bien choisir entre ce risque-là et celui de vexer le vieux maître d'hôtel à un point tel qu'il préférerait certainement la mort. Elle s'en était tenue jusqu'alors au premier. Le pudding, gros comme un ballon de football, et couronné d'une branche de houx triomphale, reposait dans toute sa splendeur, entouré de flammes, sur un plat d'argent.

Des acclamations l'accueillirent.

En dépit d'une opposition opiniâtre, Mrs Lacey avait obtenu de Peverell qu'il lui apportât le plat afin qu'elle remplisse chaque assiette, plutôt que de le lui voir passer autour de la table. Elle poussa un soupir de soulagement dès que le pudding fut en sécurité devant elle et distribua rapidement les parts encore flambantes.

— Vite, M. Poirot ! Faites un vœu ! cria Bridget. Vite, avant que la flamme ne s'éteigne ! Oh ! grand-mère chérie, dépêchez-vous !

Rassénérée, Mrs Lacey s'appuya au dossier de sa chaise. L'opération « Pudding » était un succès : devant chaque convive sa part flambait encore. Il y eut un instant de silence. Chacun se recueillait pour faire un souhait.

Personne ne remarqua l'expression un peu bizarre de M. Poirot contemplant son assiette. *Ne mangez pas rien du pudding...* Qu'est-ce que cet avertissement sinistre pouvait bien signifier ? Tout en s'avouant vaincu, ce qu'il n'aimait pas, il prit sa cuiller et sa fourchette.

— De la sauce forte, monsieur Poirot ?

— C'est encore ma meilleure eau-de-vie qu'on a raflée, hein, Emmy ? cria gaiement le colonel de l'autre bout de la table.

— Mrs Ross insiste toujours sur la qualité de l'eau-de-vie, mon chéri. Il paraît que c'est là le secret du pudding, répondit Mrs Lacey avec un sourire malicieux.

— Bon, bon ! Noël ne revient qu'une fois par an, et Mrs Ross est une femme grandiose et une cuisinière incomparable.

— Ça, c'est bien vrai ! Ce pudding est du tonnerre ! déclara Colin la bouche pleine.

Doucement, avec délicatesse, Poirot attaqua sa tranche de pudding. Il en mangea une bouchée ; c'était délicieux. Il en avala une seconde et s'apprêtait à en prendre une troisième lorsqu'un léger tintement dans son assiette l'arrêta. Bridget, qui était à sa gauche, intervint :

— Vous avez quelque chose, monsieur Poirot ! Qu'est-ce que c'est ?

Du bout de sa fourchette, Hercule Poirot dégagea un petit objet métallique de sa gangue de raisins et le trempa dans son rince-doigts.

— Oooh ! cria Bridget. C'est le bouton du vieux garçon !

— Il est très joli, dit Poirot.

— Ça veut dire que vous resterez célibataire, monsieur Poirot, expliqua gentiment Colin.

— Il fallait s'y attendre ! dit Poirot d'un ton grave. Voilà de longues années que je suis célibataire. Il est peu probable que je change mon état civil à mon âge !

— Il ne faut jamais désespérer, s'écria Michaël. J'ai vu l'autre jour dans le journal qu'un type de quatre-vingt-dix-neuf ans venait d'épouser une fille qui en a vingt-deux !

— Vous me rendez courage, déclara Poirot.

Tout à coup, le colonel devint cramoisi. Il porta vivement la main à ses lèvres en rugissant :

— Nom d'un chien, Emmeline ! Pourquoi diable laisses-tu la cuisinière mettre du verre dans le pudding ?

— Du verre ? s'écria Mrs Lacey stupéfaite.

Le colonel retira de sa bouche l'objet en cause.

— J'aurais pu me casser une dent, ou avaler ce sacré machin et avoir l'appendicite !

Il rinça le morceau de verre et l'examina à contre-jour.

— Regardez-moi ça ! C'est une de ces pierres rouges qu'on met au bout des pétards.

— Vous permettez ? demanda Poirot en tendant vivement la main par-dessus la tête de sa voisine.

Le colonel lui passa l'objet. Il le considéra attentivement.

Comme l'avait dit Mr Lacey, c'était une grosse pierre rouge de la couleur d'un rubis, et ses facettes étincelaient tandis qu'Hercule Poirot le retournait sous la lumière.

Au bout de la table, quelqu'un repoussa brusquement une chaise, puis la remit en place.

— Eh bien, mon vieux, tu parles d'un truc si c'était un vrai rubis ! cria Michaël.

— Mais c'en est peut-être un vrai, dit Bridget, toujours optimiste.

— Quelle dinde ! Un rubis de cette taille ça vaudrait des millions et des millions, et des millions de livres. N'est-ce pas, monsieur Poirot ?

— Certainement.

— Mais, moi, ce que je n'arrive pas à comprendre, c'est comment cette pierre se trouvait dans le pudding, déclara Mrs Lacey.

Mais Colin poussa un hurlement indigné :

— Oh ! Oh ! J'ai le cochon ! C'est de l'injustice !

Du coup, il en avait oublié la pierre.

— C'est Colin qui a le cochon ! C'est Colin qui a le cochon ! Colin n'est qu'un goinfre ! chanta aussitôt Bridget.

— Et moi, j'ai la bague, annonça Diana d'une voix claire.

— Bravo, Diana ! C'est toi qui te marieras la première !

— J'ai le dé, gémit Bridget.

— Bien fait ! clamèrent les deux garçons. Bridget restera vieille fille ! Bridget restera vieille fille !

— Qui a la pièce ? demanda David. Il y a une vraie pièce de dix shillings en or. Mrs Ross me l'a dit.

— Je crois que c'est moi le veinard, dit Desmond Lee-Wortley.

Les deux voisins du colonel entendirent celui-ci grommeler :

— Ce ne pouvait être que lui !

— Moi aussi, j'ai une bague, proclama David en regardant Diana. Quelle coïncidence !

Au milieu des plaisanteries, personne ne remarqua que, sans avoir l'air de rien, Hercule Poirot, qui semblait penser à tout autre chose, avait glissé la pierre rouge dans sa poche.

Des mince-pies et toutes les friandises traditionnelles de Noël suivirent le plum-pudding. Ensuite, les convives les plus âgés se retirèrent pour faire une petite sieste en prévision de la cérémonie du soir : l'illumination de l'arbre, qui aurait lieu à l'heure du thé. Toutefois, Hercule Poirot, loin d'aller se reposer dans sa chambre, se rendit dans l'antique cuisine, grande comme une halle. Il ouvrit la porte et demanda avec un large sourire :

— M'est-il permis de présenter à la cuisinière mes félicitations pour le repas merveilleux que je viens de savourer ?

Toute activité cessa brusquement dans la cuisine. Mrs Ross s'avança, pleine de dignité. Grande et forte, elle avait la noblesse et la majesté d'une duchesse de théâtre. Deux femmes maigres, déjà grisonnantes, lavaient la vaisselle, et une gamine aux cheveux filasse, allait et venait entre l'évier et la table. Mais ces trois personnages ne tenaient évidemment que des rôles subalternes. Mrs Ross était la souveraine de ce royaume.

— Je suis contente de savoir que vous l'avez apprécié, monsieur, dit-elle aimablement.

— Apprécié ! s'écria Poirot.

Et avec un de ses gestes extravagants et si peu anglais, il porta la main à ses lèvres, y déposa un baiser sur lequel il souffla pour l'envoyer au plafond.

— Vous êtes un génie, Mrs Ross ! Un vrai génie. Je n'ai jamais rien mangé d'aussi délicieux. Le potage aux huîtres... et la farce des deux dindes, la farce aux marrons surtout !.. (Il fit entendre un petit claquement de la langue.) C'est, à mon avis, absolument unique.

— Voilà qui m'intéresse, monsieur. Vous avez remarqué cette farce ! C'est une recette très particulière. Elle m'a été donnée par un chef autrichien avec qui j'ai travaillé il y a bien des années. Pour le reste, c'est simplement de la bonne et honnête cuisine anglaise, expliqua-t-elle gracieusement.

— Est-il rien de meilleur ? demanda Hercule Poirot.

— C'est aimable à vous de dire ça, monsieur. Il serait naturel qu'un monsieur comme vous, qui n'êtes pas anglais, préfère le style continental. Je puis, d'ailleurs, cuisiner les plats qu'on aime sur le continent.

— Je suis persuadé, Mrs Ross, que vous réussiriez n'importe quel plat. Mais vous savez sûrement que la cuisine anglaise, la bonne cuisine anglaise, pas celle des hôtels ou des restaurants de second ordre, est très appréciée par les gourmets du continent. Je crois ne pas me tromper en vous racontant qu'au début du XIXe siècle, une mission spéciale s'est rendue à Londres et a envoyé en France un rapport sur les merveilles des puddings anglais dans lequel on lisait ceci : *Il vaut la peine de faire le voyage de Londres pour en découvrir l'excellence et la variété.*

Nous n'avons rien de pareil en France. Et au-dessus de tous les puddings, continua Poirot, lancé à fond dans un hymne dithyrambique, je place le Christmas pudding dont nous nous sommes régalés aujourd'hui. C'est vous-même qui l'avez fait, n'est-ce pas ? Il ne pouvait venir de chez un traiteur.

— Naturellement, monsieur. C'est moi qui l'ai fait, avec ma recette à moi, celle que je suis depuis des années. Quand je suis arrivée, Mrs Lacey m'a dit qu'elle avait commandé un pudding à Londres pour m'éviter de la peine. Je lui ai dit : « Non, madame. C'est bien de l'amabilité de votre part, mais vous n'achèterez jamais un pudding qui puisse valoir un vrai Christmas pudding fait chez vous. » Et encore, monsieur, poursuivit Mrs Ross en véritable artiste, empoignée par son sujet, un bon pudding doit être fait plusieurs semaines à l'avance et attendre. Plus longtemps on le garde, dans une mesure raisonnable, bien sûr, meilleur il est... Je me rappelle, quand j'étais petite, nous allions tous les dimanches à l'église. Vers la fin de novembre, on tendait l'oreille pour bien entendre la collecte. Si c'était celle qui commence par : « Levez-vous, Seigneur, nous vous en supplions », on peut dire que c'était le signal : il fallait faire les puddings cette semaine-là. Et on n'y manquait jamais. On entendait la collecte le dimanche, et on était sûr que dans la semaine, ma mère ferait les puddings. C'est ce que j'aurais voulu faire, monsieur, mais je n'ai pu m'y mettre que la veille de votre arrivée. Seulement, j'ai suivi la vieille coutume : il a fallu que tous ceux qui se trouvaient dans la maison viennent à la cuisine et que chacun à son tour tourne la pâte et fasse un souhait. C'est une habitude de l'ancien temps et je n'y ai jamais manqué.

— Voilà qui est intéressant, très intéressant même.

Alors tout le monde est venu dans votre cuisine, Mrs Ross ?

— Bien sûr, monsieur. Les jeunes messieurs et miss Bridget, et le monsieur de Londres que Madame a invité pour Noël et sa sœur, et Mr David et miss Diana ; je devrais dire Mrs Middleton. Ils ont tous donné leur coup de cuiller.

— Combien de puddings avez-vous fait ? Celui que nous avons mangé n'était pas le seul ?

— Non, monsieur. J'en ai fait quatre : deux gros et deux petits. L'autre gros, je pensais le servir le 1er janvier, et les deux plus petits, je voulais les garder pour Madame et le colonel quand ils seraient seuls, après le départ de la famille.

— Je vois, je vois, dit Poirot.

— Pour tout vous dire, monsieur, ce n'est pas le pudding de Noël qu'on vous a servi aujourd'hui.

— Pas le pudding de Noël ? Comment ça ? demanda Poirot.

— Voilà, monsieur. Pour le pudding de Noël, nous avions un grand bol en belle faïence avec un décor de houx et de gui. Et c'est toujours là-dedans que nous faisions bouillir le pudding du jour de Noël. Mais il nous est arrrivé un accident bien malheureux : ce matin, quand Annie est allée le chercher sur l'étagère du garde-manger, le bol lui a échappé et s'est cassé en mille morceaux sur le dallage de la cuisine. Naturellement, il n'était pas question de servir le pudding, il était plein d'éclats de faïence. Il a fallu prendre l'autre, celui du Jour de l'An qui était dans un bol ordinaire. Il faisait aussi une jolie boule, mais il était moins décoratif. Je me demande où nous retrouverons un bol pareil. De nos jours, on n'en fait plus de cette taille. On ne trouve plus que du matériel de rien du tout. Même pas un plat qui tienne seulement huit ou dix œufs, avec le lard, ce qu'il faut pour le petit déjeuner, quoi. Ah ! ce n'est plus comme dans le temps !

— Non, bien sûr, dit Poirot. Mais ici, aujourd'hui, on ne peut pas se plaindre de ça. Nous avons eu un Noël pareil à ceux d'autrefois ? Ce n'est pas vrai ?

Mrs Ross soupira.

— Pour sûr, monsieur et je suis contente de vous l'entendre dire. Mais on n'a plus l'aide qu'on devrait avoir. On n'a plus d'aide qui connaisse son métier. Les filles d'aujourd'hui... Oh ! elles veulent bien faire. Ça n'a pas de mauvaise volonté, mais ça n'a pas été formé. Je suis sûre que vous me comprenez, monsieur, ajouta-t-elle en baissant la voix.

— Les choses changent. Parfois, j'en suis attristé moi aussi, déclara Poirot.

— Vous voyez, monsieur, cette maison est trop grande pour Madame et le colonel. Madame le sait bien. En habiter juste un coin, comme ils le font, ce n'est plus du tout la même chose. On peut bien dire qu'elle ne reprend vie qu'au moment de Noël, quand tous les jeunes y reviennent, dit Mrs Ross.

— C'est la première fois, n'est-ce pas, que Mr Lee-Wortley et sa sœur y viennent aussi ?

— Oui, monsieur. (Le ton de Mrs Ross se fit un peu plus réservé.) Un monsieur bien aimable certainement, mais, enfin... si j'en juge à mon idée, ça paraît un drôle d'ami pour miss Sarah. Mais il faut bien dire que les manières de Londres ne sont pas pareilles aux nôtres. C'est malheureux que sa sœur soit si souffrante. C'est une opération qu'elle a eue. Elle avait l'air très bien le premier jour, mais, le soir même, ça l'a reprise une fois que nous avons eu fini de tourner le pudding, et elle n'a pas quitté son lit depuis. Elle a dû se lever trop tôt après l'opération. Les docteurs d'aujourd'hui vous sortent de l'hôpital avant seulement qu'on tienne sur ses pieds. Tenez, la femme de mon propre neveu...

Et Mrs Ross s'embarqua dans un récit plein de verve mais fort long, des traitements qu'avaient dû subir, dans divers hôpitaux, une partie de sa parenté, comparés aux soins qui lui auraient été dispensés jadis.

Poirot se montra plein de sympathie et de compréhension et termina en lui disant :

— Il me reste à vous remercier de ce repas exquis et somptueux. Vous accepterez un modeste témoignage de ma gratitude et de mon admiration !

Un billet de cinq livres tout neuf passa de sa main dans celle de Mrs Ross qui murmura uniquement pour la forme :

— Oh ! monsieur, je vous en prie...

— Si, si, j'y tiens, dit Poirot.

Et Mrs Ross accepta le cadeau comme son dû.

— C'est beaucoup de bonté de votre part, monsieur, dit-elle. Je vous souhaite un heureux Noël et une très bonne année.

CHAPITRE V

Ce jour de Noël finit comme la plupart des jours de Noël. On illumina l'arbre. Il y eut pour le thé un magnifique gâteau dont on acclama l'entrée, mais auquel on ne put faire que modérément honneur. Tout se termina par un dîner froid.

Le maître et la maîtresse de maison se retirèrent de bonne heure, Poirot en fit autant.

— Bonsoir, monsieur Poirot, dit Mrs Lacey. J'espère que vous avez passé une bonne journée.

— Une journée merveilleuse, madame, vraiment merveilleuse.

— Vous avez l'air songeur ?

— C'est au pudding que je pense.

— Vous l'avez peut-être trouvé un peu lourd, demanda gentiment Mrs Lacey.

— Non, non. Je ne me place pas au point de vue gastronomique. Je pensais à sa signification.

— C'est une chose purement traditionnelle, dit Mrs Lacey. Eh bien, ne rêvez pas trop aux puddings et aux mince-pies. Bonne nuit, monsieur Poirot.

« Oui, c'est une énigme que ce pudding. Il y a là quelque chose que je ne comprends pas », pensait quelques minutes plus tard Hercule Poirot en se déshabillant.

Il hocha la tête avec un air vexé et se dit :

« Enfin, nous verrons bien. »

Après avoir fait certains préparatifs, il se coucha mais ne s'endormit pas. Ce n'est qu'au bout de deux heures que sa patience fut récompensée. La porte de sa chambre s'ouvrit sans bruit. Il sourit dans l'obscurité. Les choses se déroulaient selon ses prévisions. Il revit en pensée la tasse de café de Desmond Lee-Wortley lui offrait si aimablement. Il l'avait posée sur un guéridon dès que le jeune homme avait eu le dos tourné et l'y avait laissée quelques instants. Un peu plus tard, il l'avait reprise ostensiblement, donnant ainsi à Desmond la satisfaction, si c'en était une, de la lui voir vider jusqu'à la dernière goutte. Et Poirot souriait encore à l'idée qu'un autre que lui dormirait cette nuit, et sans doute, dormait déjà, d'un sommeil profond et réparateur.

« Pauvre petit David, se dit-il, il est inquiet, malheureux. Une bonne nuit ne lui fera pas de mal ! Et maintenant que va-t-il se passer ? »

Immobile, il respirait régulièrement, avec, par moments un petit ronflement à peine perceptible.

Quelqu'un s'approcha du lit et se pencha sur lui, puis, rassuré, se dirigea vers la table de toilette. A la lueur d'une minuscule lampe de poche, ce quelqu'un examina les objets de Poirot, soigneusement alignés sur l'étagère supérieure. Il explora le portefeuille, ouvrit doucement les tiroirs de la table, passa en revue le contenu de toutes les poches. Enfin, il revint jusqu'au lit, glissa, avec mille précautions, la main sous l'oreiller, puis la retira et resta un moment hésitant sur le parti à prendre. Alors, il fit le tour de la chambre, regarda en détail tous les bibelots, tout ce qui aurait pu servir de cachette. Il alla dans la salle de bains, mais en revint bientôt. Enfin, avec un soupir de dégoût, il sortit comme il était entré.

« Ah ! te voilà déçu, mon lascar ! murmura Poirot, le nez sous la couverture. S'imaginer qu'Hercule Poirot cacherait quoi que ce soit dans un endroit où tu pourrais le trouver ! »

Et, se tournant sur le côté, Poirot s'endormit paisiblement.

Il fut réveillé le lendemain matin par un coup frappé à sa porte, un coup léger mais impérieux.

— Qui est là ? Entrez, entrez !

La porte s'ouvrit. Essoufflé, rouge comme un coq, Colin resta sur le seuil, Michaël était derrière lui.

— Monsieur Poirot ! Monsieur Poirot !

— Oui ?

Poirot s'assit sur son lit.

— C'est la tasse de thé matinale ? Non ? Ah ! c'est vous, Colin. Qu'est-ce qu'il se passe ?

Colin restait muet ; il paraissait sous le coup d'une émotion violente. A vrai dire, c'était la vue de Poirot en bonnet de nuit qui paralysait momentanément ses cordes vocales. Il parvint à se dominer et articula des phrases entrecoupées.

— Voilà... Je crois... Monsieur Poirot, pourriez-vous venir à notre aide ?

« Il est arrivé quelque chose d'assez inquiétant. »

— Il est arrivé quelque chose ? Mais quoi ?

— C'est Bridget, c'est... Voilà, elle est là-bas dehors, dans la neige... J'ai peur que... elle ne bouge pas, elle ne dit rien et... Oh ! il vaut mieux que vous veniez la voir vous-même. J'ai horriblement peur. Elle est peut-être morte.

— Quoi ? cria Poirot en repoussant ses couvertures, Mlle Bridget morte ?

— Je crains... je crains, qu'on ne l'ait tuée ! Il y a... du sang ! Oh ! venez, je vous en prie !

— Mais bien sûr, bien sûr ! J'arrive à l'instant !

En hâte, Poirot enfila ses pieds nus dans ses grosses chaussures, passa une pelisse doublée de fourrure sur son pyjama.

— Je viens. Avez-vous donné l'alarme dans la maison ?

— Non, non. Jusqu'à présent, je n'en ai parlé qu'à vous seul. Grand-père et grand-mère ne sont pas encore levés. En bas, on met le couvert du petit déjeuner, mais je n'ai rien dit à Peverell. Elle... Enfin Bridget, est de l'autre côté de la maison, près de la terrasse, sous la fenêtre de la bibliothèque.

— Je vois. Conduisez-moi. Je vous suis.

En lui tournant le dos pour dissimuler son envie de rire et sa jubilation, Colin entraîna Hercule Poirot dans l'escalier. Ils sortirent par la porte de la terrasse. Une journée claire s'annonçait. Le soleil était encore bas au-dessus de l'horizon. La neige, après être tombée toute la nuit, s'était arrêtée, et, sous la couche profonde encore immaculée, le monde n'était que blancheur et pureté.

— Là ! C'est là ! dit Colin, haletant.

Le doigt pointé, il montrait, d'un geste dramatique un tableau d'horreur. A quelques mètres, Bridget gisait dans la neige. Elle était vêtue d'un pyjama rouge et l'écharpe de laine blanche qui lui enveloppait les épaules portait une large tache écarlate. Sa tête reposait sur le côté, le visage caché par ses cheveux noirs. Un bras sous le corps, l'autre tendu à plat sur la neige, la main fermée, les doigts crispés, et, tout droit au milieu de la tache sanglante, se dressait le manche d'un grand couteau kurde à lame recourbée que le colonel avait montré la veille au soir à ses invités.

— Mon Dieu ! s'écria Poirot, on dirait une scène de théâtre !

Michaël faillit s'étrangler, Colin vint aussitôt à la rescousse.

— N'est-ce pas, dit-il, ça... ça n'a pas l'air absolument réel. Vous voyez ces marques de pas ! Je pense qu'il faut les laisser là, tout à fait intactes.

— Les traces de pas ? Mais comment, il faut faire bien attention à ne pas les effacer.

— C'est ce que je pensais, dit Colin. C'est pourquoi je n'ai pas voulu risquer qu'on s'approche d'elle avant que vous ne soyez là. J'étais sûr que vous sauriez ce qu'il fallait faire.

— Tout de même, dit Hercule Poirot, il faut tout d'abord voir si elle vit, n'est-ce pas ?

— Enfin... oui... sûrement. Mais, vous comprenez, nous croyions... c'est-à-dire que nous ne voulions pas...

— Oui, vous êtes prudents ! Vous avez lu des romans policiers. Il importe au plus haut point de ne toucher à rien et de laisser le cadavre dans la position où on l'a trouvé. Mais rien ne nous assure qu'il s'agit d'un cadavre. Si admirable que soit la prudence, l'humanité passe d'abord. Il faut appeler le médecin avant la police.

— Oui, naturellement, dit Colin, un peu interloqué.

— Nous pensions seulement... je veux dire que nous pensions qu'il valait mieux vous appeler avant tout, dit précipitamment Michaël.

— Alors restez ici tous les deux. Je vais faire le tour et m'approcher d'elle par-derrière afin de ne pas effacer ces admirables traces de pas, si parfaitement nettes. Ce sont les pas d'un homme et ceux d'une femme. Ils marchent côte à côte jusqu'à l'endroit où elle se trouve maintenant. L'homme est revenu, voyez sa trace, mais pas elle.

— Ce sont sûrement les pas du meurtrier, dit Colin dans un souffle.

— Exactement. Les pas du meurtrier, déclara Poirot. Un pied étroit et long et un type de chaussures assez particulier. Très intéressant, probablement facile à reconnaître. Ces pas vont avoir une importance extrême.

A cet instant, Desmond Lee-Wortley sortit de la maison avec Sarah.

— Que diable faites-vous là ? demanda-t-il d'une façon un peu théâtrale. Je vous ai vus de la fenêtre de ma chambre. Qu'est-ce qu'il se passe ? Grands dieux ! Qu'est-ce que c'est... On... on dirait.

— Eh oui, dit Poirot. On dirait bien qu'elle a été tuée, n'est-ce pas ?

Sarah sursauta, puis jeta aussitôt un regard soupçonneux aux deux garçons

— Vous voulez dire qu'on a tué la petite... Comment déjà ? Bridget ? s'écria Desmond. Qui au monde aurait pu vouloir la tuer ? C'est incroyable !

— Beaucoup de choses sont incroyables, dit Poirot, surtout avant le petit déjeuner. C'est ce que prétend un de vos classiques : « Six choses sont impossibles avant le breakfast ». Restez tous où vous êtes, s'il vous plaît.

Il s'approcha de Bridget en faisant un détour et se pencha sur elle. Colin et Michaël se tordaient et s'efforçaient de contenir leur fou rire. Sarah vint à eux.

— Qu'est-ce que vous avez inventé tous les deux ? dit-elle à voix basse.

— Vieille Bridget ! Elle est épatante ! Pas un frisson, pas même un clin d'œil, murmura Colin.

— On ne peut pas mieux faire la morte, souffla Michaël.

Hercule Poirot se redressa.

— C'est une chose terrible, dit-il.

Sa voix vibrait d'une émotion nouvelle.

Vaincus par le fou rire, Colin et Michaël se détournèrent. Michaël dit en s'étouffant :

— Qu'est-ce qu'il faut faire ?

— Il n'y a qu'une chose à faire, dit Poirot : appeler la police.

— Je crois, dit Colin, je crois... Qu'est-ce que tu penses, Michaël ?

— Je pense que la blague a assez duré, dit Michaël.

Il s'avança. Pour la première fois il ne paraissait pas très sûr de lui.

— Je suis désolé. J'espère que vous ne nous en voudrez pas trop, monsieur. C'est... c'est... enfin, une espèce de farce... pour rire pendant les vacances de Noël, vous comprenez. Nous nous étions dit que nous allions... enfin, que nous ferions un simulacre de crime...

— Un simulacre de crime en mon honneur ? Alors ça ?... Ça ?

— C'est une espèce de représentation, pour... pour que vous vous sentiez dans votre élément, vous comprenez, expliqua Colin.

— Ah ! je comprends, dit Hercule Poirot. Vous avez voulu vous payer ma tête. Mais nous ne sommes pas le 1er avril. Nous sommes le 26 décembre.

— Au fond, nous n'aurions pas dû faire ça, dit Colin. Mais... Mais... Est-ce que vous nous en voulez beaucoup, monsieur Poirot ? Allez, Bridget, lève-toi. Tu dois être à moitié morte de froid déjà.

Mais le corps étendu dans la neige ne bougea pas.

— C'est curieux, elle n'a pas l'air de vous entendre, dit Poirot en le regardant d'un air grave.

Vous dites que c'est une blague. En êtes-vous bien sûr ?

— Mais naturellement. Nous n'avons jamais pensé faire du mal, dit Colin visiblement peu à son aise.

— Alors pourquoi miss Bridget ne se lève-t-elle pas ?

— Je ne sais pas, bredouilla Colin.

Sarah intervint :

— Allons, Bridget, ça suffit, lève-toi. Tu as assez fait la bête comme ça ! dit-elle avec impatience.

— Monsieur Poirot, nous sommes vraiment désolés. Nous vous demandons de nous excuser, dit Colin, l'air vraiment inquiet.

— Vous n'avez pas besoin de vous excuser.

Le ton de Poirot était grave. Colin le regarda fixement.

— Que voulez-vous dire ? (Puis se tournant vers sa cousine.) Bridget. Bridget ? s'écria-t-il. Qu'est-ce qu'il y a ?... Pourquoi ne bouge-t-elle pas ? Pourquoi reste-t-elle là, étendue dans la neige ?

Poirot fit signe à Desmond :

— *Vous,* Mr Lee-Wortley, venez près de moi.

Desmond obéit.

— Tâtez son pouls.

Desmond s'agenouilla, tâta le bras, puis le poignet.

— Elle n'a plus de pouls... dit-il en regardant Poirot, les yeux écarquillés. Son bras est raide. Elle est *vraiment* morte !

Poirot inclina la tête.

— Oui, elle est morte, dit-il. De cette comédie, quelqu'un a fait une tragédie.

— Quelqu'un ?... Qui ?

— Il y a des traces de pas sur la neige, allant vers elle, et revenant vers la maison. Ces traces ressemblent étrangement à celles que vous venez de faire en venant du sentier jusqu'à moi, Mr Lee-Wortley.

Desmond Lee-Wortley fit un brusque demi-tour.

— Hein quoi ? Vous m'accusez ? *Moi* ? Vous êtes fou ! Pourquoi diable aurais-je tué cette petite ?

— Ah !... Pourquoi ? Je me le demande... Nous allons voir...

Poirot s'agenouilla à son tour et, très doucement, desserra les doigts crispés de Bridget.

Desmond sursauta. Les yeux exorbités, il regardait cette main. Ce que tenait la jeune morte avait l'air d'un énorme rubis.

— C'est cette espèce de machin qui était dans le pudding ! s'écria-t-il.

— Vraiment ? Vous en êtes sûr ? demanda Poirot.

— Absolument sûr.

Vivement Desmond se pencha et prit la pierre rouge dans la main de Bridget.

— Il ne faut pas faire ça, dit Poirot d'un ton de reproche. Rien ne doit être changé de place.

— Je n'ai pas modifié la position du corps, il me semble. Mais cet objet pourrait se perdre et c'est une pièce à conviction. L'important c'est d'appeler la police le plus tôt possible. Je vais tout de suite téléphoner.

Il partit en courant vers la maison. Sarah, pâle comme une morte se rapprocha vivement de Poirot.

— Je ne comprends pas, je ne comprends pas, dit-elle en s'accrochant au bras du détective. Que vouliez-vous dire avec cette histoire de pas ?

— Regardez vous-même, mademoiselle.

Les empreintes qui accompagnaient celles des pas de Bridget et revenaient ensuite vers la maison étaient identiques à celles qu'avait laissées Desmond en rejoignant Poirot auprès de Bridget.

— Vous voulez dire que c'est Desmond ? Quelle absurdité !

Un bruit de moteur les fit retourner. Ils virent

filant à toute allure dans l'avenue, une voiture que Sarah reconnut.

— C'est Desmond, s'écria-t-elle. C'est sa voiture. Il... il est sûrement parti chercher la police plutôt que de téléphoner.

Diana Middleton sortit en courant de la maison.

— Qu'est-il arrivé ? cria-t-elle, hors d'haleine. J'ai vu Desmond qui se précipitait dans la maison. Il a dit je ne sais quoi. Il racontait que Bridget aurait été tuée ; il a essayé de téléphoner, il n'y est pas arrivé ; la ligne était en dérangement... Il a dit qu'on avait dû couper les fils et que la seule chose à faire était de prendre sa voiture et d'aller chercher la police. Pourquoi la police ?

Poirot fit un geste vague.

— Bridget ? (Diana le regarda.) Mais... vous êtes sûr que ce n'est pas une sorte de blague ? Hier soir, j'ai entendu quelque chose. J'ai cru comprendre que les gosses voulaient vous faire une farce.

— Oui, dit Poirot. Ils avaient bien dans la tête de me jouer un tour. Ecoutez-moi, venez dans la maison, tous tant que vous êtes. Nous allons attraper le coup de la mort avec ce froid et nous ne pouvons rien faire avant que Mr Lee-Wortley revienne avec la police.

— Mais, monsieur Poirot, nous ne pouvons pas... nous ne pouvons pas laisser Bridget comme ça, toute seule ici, dit Colin.

— Vous ne lui ferez aucun bien en restant auprès d'elle, dit doucement Poirot. Venez, c'est une tragédie, une chose douloureuse, mais nous ne pouvons rien faire de plus pour miss Bridget. Il faut rentrer, nous réchauffer, peut-être même prendre une tasse de thé ou de café.

Docilement, ils le suivirent dans le hall. Peverell s'apprêtait à frapper sur le gong. Si extraordinaire qu'il pût trouver le fait que presque toute la maisonnée soit dehors à cette heure-là et M. Poirot très à son aise en pyjama sous sa pelisse, il n'en laissa rien paraître. Malgré son grand âge, Peverell demeurait le maître d'hôtel parfait. Il ne voyait jamais rien à moins qu'on ne l'en eût prié. Ils allèrent tous s'asseoir dans la salle à manger. Quand chacun eut une tasse de café bien chaud devant lui, Poirot reprit la parole.

— Il faut que je vous raconte une petite histoire. Je ne peux pas vous donner tous les détails, mais je vais vous indiquer les grandes lignes. Il s'agit d'un jeune prince oriental. Il est venu en Angleterre apportant avec lui un bijou renommé qu'il désirait faire remonter pour la princesse qu'il allait épouser. Malheureusement, il a fait à Londres la connaissance d'une très jolie personne. Cette jolie personne, si elle ne s'intéressait que relativement à lui, s'intéressait beaucoup à ce bijou. Elle s'y intéressait si fort qu'un jour elle a disparu avec le joyau qui appartenait à la famille du prince depuis des générations, et le pauvre garçon s'est trouvé dans un abominable pétrin. Il fallait avant tout éviter le scandale. Impossible donc d'alerter la police. Alors il est venu trouver Hercule Poirot et lui a dit : « Retrouvez-moi mon rubis, héritage de mes pères. » Or, la jolie personne possédait un ami qui s'était déjà livré à diverses transactions des plus douteuses : chantage, vente à l'étranger de bijoux passés en fraude... et s'était montré fort habile, puisque, bien qu'on le soupçonne, on n'a jamais rien pu prouver contre lui. J'ai appris que ce monsieur fort habile passait les fêtes de Noël dans la maison où nous sommes. Il importait que la jolie personne, une fois en possession du rubis, disparaisse pendant quelque temps de la circulation, qu'il soit impossible de lui poser des questions, ni d'exercer sur elle la moindre pression, et il fut entendu qu'elle aussi viendrait à King Lacey, invitée comme la sœur de l'homme habile.

Sarah poussa un sourd gémissement.

— Oh ! non, non, pas ici avec moi !

— C'est pourtant comme ça, mademoiselle, dit Poirot. Grâce à un peu de diplomatie j'ai été également invité à Kings Lacey pour Noël. Cette jolie personne était censée sortir de l'hôpital. Elle allait beaucoup mieux. Mais, en arrivant ici, elle apprend qu'un détective bien connu, moi-même, vient ici passer les fêtes. Elle prend le trac, cache le rubis dans le premier coin qui lui vient à l'esprit et, presque tout de suite, elle a une rechute et se met au lit. Pour rien au monde, elle ne veut que je la voie, certaine que j'ai des photos d'elle et que je la reconnaîtrai. C'est ennuyeux pour elle, mais il faut bien qu'elle reste dans sa chambre et que son frère lui monte ses plateaux.

— Oui, mais le rubis ? demanda Michaël.

— Je crois savoir qu'au moment où elle a appris que j'arrivais, la jolie personne était dans la cuisine, avec vous tous, à rire et à blaguer, en tournant les puddings de Noël. Dès qu'on eut mis les puddings dans les bols, la demoiselle s'arrange pour cacher le rubis en l'enfonçant dans l'un d'eux. Pas dans celui qui devait être servi le jour de Noël, ah ! mais non ! elle le connaît, il a un décor spécial. Elle le met dans celui qu'on garde pour le 1er janvier. Elle sera partie avant cette date, et le pudding avec elle. Mais, voyez comme le hasard fait bien les choses. Le matin même de Noël, il arrive un accident. Le beau moule contenant le Christmas pudding tombe sur le dallage de la cuisine et se casse en mille morceaux. Que faire ? L'excellente Mrs Ross prend vite l'autre pudding et c'est celui-là qu'on sert à la salle à manger.

— Non d'une brique ! s'écria Colin, mais alors

quand grand-père a failli se casser les dents en mangeant son pudding, c'est un vrai rubis qu'il avait dans la bouche ?

— Justement, et vous imaginez l'émotion de Mr Lee-Wortley quand il s'en est rendu compte. Qu'arrive-t-il ensuite ? Le rubis est passé à la ronde. Je l'examine à mon tour et je m'arrange pour le glisser en douce dans ma poche, avec un air indifférent comme si ça ne m'intéressait pas du tout. Mais un des convives au moins m'avait vu faire. Le soir, lorsque j'étais couché, ledit convive est venu fouiller dans ma chambre, il a fouillé dans toutes mes affaires et jusque sous mon oreiller, sans trouver le rubis... Pourquoi ?

— Parce que vous l'aviez donné à Bridget. C'est bien ça, n'est-ce pas ? Et c'est pourquoi... Mais je ne comprends pas bien. Je veux dire... Oh ! dites-nous ce qui s'est passé ?

Poirot le regarda en souriant.

— Venez maintenant dans la bibliothèque. Regardez par la fenêtre et ce que vous verrez éclaircira peut-être le mystère.

Il passa le premier, tous les autres le suivirent.

— Regardez maintenant le lieu du crime, dit-il. Une exclamation générale lui répondit. Le corps de Bridget n'était plus là. Il ne restait de la tragédie d'autre trace que beaucoup de neige piétinée.

— Nous n'avons pourtant pas rêvé, dit Colin d'une voix faible. On a emporté son corps ?

— Vous voyez, dit Poirot en le regardant avec des yeux malicieux. C'est le mystère du cadavre à éclipses.

— Mais, sapristi, monsieur Poirot, cria Michaël, vous êtes... vous n'avez pas... Enfin quoi, vous nous avez fait marcher pendant tout ce temps !

Poirot paraissait ravi.

— C'est vrai, mes enfants. Moi aussi, j'ai fait ma petite blague. J'étais au courant de vos projets, voyez-vous, alors j'ai organisé un contreprojet à ma façon. Ah ! voici miss Bridget. J'espère que vous ne vous portez pas plus mal pour être restée si longtemps dans la neige. Si vous deviez avoir une fluxion de poitrine, je ne me le pardonnerais jamais.

Bridget entrait en riant, elle avait enfilé une jupe épaisse et un chandail de laine.

— Je vous ai fait porter une tasse de tisane dans votre chambre. J'espère que vous l'avez prise ? demanda Poirot sévèrement.

— Une gorgée m'a suffi, dit Bridget. Je vais très bien ! Ai-je bien tenu mon rôle, monsieur Poirot ? Oh ! la, la ! mon bras me fait encore mal, c'est ce garrot que vous m'avez fait mettre !

— Vous avez été magnifique, mon enfant, magnifique ! Mais, vous voyez, les autres n'y comprennent encore rien... Hier soir, je suis allé trouver miss Bridget ; je lui ai dit que j'étais au courant de votre petit complot et je lui ai demandé si elle voulait bien jouer un rôle pour moi. Elle l'a joliment bien joué ! Elle a fait les empreintes du meurtrier avec une paire de chaussures de Mr Lee-Wortley.

— Dans quel but, tout ça, monsieur Poirot ? s'écria Sarah d'une voix rauque. Pourquoi avoir envoyé Desmond chercher la police ? Les flics seront furieux quand ils verront que c'est une mystification !

Poirot secoua la tête et dit doucement :

— Je n'ai pas cru un instant que Mr Lee-Wortley irait chercher la police, mademoiselle. Un meurtre est la dernière chose à laquelle il désire être mêlé. Il a perdu son sang-froid et n'a vu que l'occasion pour lui de s'emparer du rubis. Il l'a arraché de la main de miss Bridget, il a prétendu que le téléphone ne marchait pas et il est parti comme un fou dans sa voiture sous prétexte d'alerter la police. A mon avis, vous ne le reverrez pas de sitôt. Autant que je sache, il ne manque pas de moyens personnels pour quitter l'Angleterre. Il possède un avion particulier, n'est-ce pas ?

— Oui, dit Sarah. Nous avions pensé...

Elle s'arrêta court.

— Vous aviez pensé partir ensemble dans cet avion, n'est-ce pas ? C'était un excellent truc pour faire sortir incognito un bijou d'Angleterre. On enlève une jeune fille, la presse s'empare de l'incident, les journaux en sont pleins, et personne ne vous soupçonne d'emporter du même coup un joyau universellement renommé. Très bon camouflage !

— Je n'en crois rien, dit Sarah. Je ne crois pas un mot de ce que vous dites !

— Demandez donc à sa sœur, dit Poirot en regardant avec insistance par-dessus l'épaule de Sarah, quelqu'un qui entrait.

Une fort jolie blonde platinée, vêtue d'un manteau de fourrure s'était arrêtée sur le seuil, l'air furieux.

— Sa sœur ! Mon œil ! dit-elle avec un vilain rire. Ce cochon-là n'est pas mon frère ! Alors, il a fichu le camp et il me laisse me débrouiller dans cette pagaille ! C'est lui qui a tout combiné, c'est lui qui m'a fait marcher. Soi-disant, c'était du fric à ramasser sans risque ! Jamais les autres n'oseraient faire d'histoire à cause du scandale et je pouvais toujours les menacer de dire qu'Ali m'avait donné son fameux rubis. On se partagerait le pèze à Paris ! Et maintenant, il me plante là ! Je le tuerai !

Puis changeant brusquement de ton :

— Le plus tôt je sortirai d'ici... Est-ce qu'on pourrait téléphoner pour avoir un taxi ?

— Une voiture attend devant le perron pour vous conduire à la gare, mademoiselle, dit Poirot.

— Il paraît que vous pensez à tout, vous !

— A presque tout, dit-il avec complaisance.

Mais Poirot n'allait pas s'en tirer comme ça. Lorsqu'il revint à la salle à manger, après avoir mis la fausse miss Lee-Wortley en voiture, Colin l'attendait, les sourcils froncés.

— Mais dites donc, monsieur Poirot, et le rubis. Vous n'allez pas me dire que vous avez laissé ce type filer avec ?

Hercule Poirot prit un air consterné. Il tortillait sa moustache et semblait gêné.

— Je le rattraperai, dit-il d'une voix faible. Il y a bien des moyens. J'arriverai encore...

— Quand j'y pense ! dit Michaël. Laisser ce porc-là partir avec le rubis !

Bridget, elle, avait compris.

— Il nous fait encore marcher, cria-t-elle. Ce n'est pas vrai, monsieur Poirot ?

— Un dernier tour de passe-passe, mademoiselle. Cherchez dans ma poche de gauche !

Bridget obéit et retira sa main de la poche indiquée avec un cri de triomphe en montrant l'énorme rubis qui scintillait comme une étoile écarlate.

— Voyez-vous, celui que vous serriez dans votre main était une pierre fausse. Je l'avais apportée de Londres pour le cas où une substitution serait possible. Nous ne voulons pas de scandale. Mr Lee-Wortley va essayer de vendre sa pierre à Paris ou en Belgique, là où il a des relations. On s'apercevra alors que cette pierre est fausse. Nous ne pouvons rien souhaiter de mieux. Tout finit bien. Le scandale est évité, mon petit prince retrouve son rubis, il rentre dans son pays et fait un mariage sérieux et heureux, du moins nous l'espérons. Tout finit bien.

— Sauf pour moi, murmura Sarah.

Elle avait parlé si bas que personne ne l'avait

entendue sauf Poirot. Il secoua la tête doucement.

— Là, mademoiselle, vous vous trompez. Vous avez acquis de l'expérience et, même cruelle, l'expérience est précieuse. Dans l'avenir, je vous le prédis, vous trouverez le bonheur.

— C'est vous qui le dites, soupira Sarah.

— Mais enfin, monsieur Poirot, comment saviez-vous d'avance quelle blague nous voulions vous faire ? demanda Colin.

— C'est mon métier de savoir les choses, dit Hercule Poirot en frisant sa moustache.

— Oui, mais je ne vois pas comment vous y êtes arrivé. Est-ce que quelqu'un a vendu... est allé vous le raconter ?

— Non, non. Pas du tout.

— Comment alors ? Dites-nous comment ?

Et tous reprirent en chœur :

— Oui, oui ! Dites-nous comment !

— Vous voulez vraiment que je vous explique ce dernier mystère ?

— Oui, oui !

— Je ne sais pas si je dois le faire, vous serez tellement déçus.

— Oh ! monsieur Poirot ! *Comment avez-vous su ?*

— Eh bien, voyez-vous, l'autre soir, après le thé, j'étais installé dans un fauteuil de la bibliothèque, près de la fenêtre. Je me reposais bien, j'ai même fait un petit somme et, quand je me suis réveillé, vous étiez tous les trois dans l'allée qui passe sous la fenêtre, tout près de moi, discutant ferme la mise au point de votre conspiration, et la fenêtre était entrebâillée.

— C'est tout ? dit Colin dégoûté. Comme c'est simple !

— N'est-ce pas ? dit Poirot en souriant. Vous voyez, vous êtes déçus.

— C'est vrai, mais en tout cas maintenant, nous savons tout, déclara Michaël.

Mais Poirot pensait :

« Ce n'est pas vrai pour moi, bien que ce soit mon métier de savoir les choses. »

Comme il traversait le hall quelques minutes plus tard, pour la vingtième fois peut-être, il sortit de sa poche un papier fripé.

Ne mangez pas rien du pudding. Quelqu'un qui vous veut du bien.

Hercule Poirot hochait la tête, l'air pensif. Lui qui pouvait tout expliquer, il n'arrivait pas à expliquer ça, c'était humiliant. Qui l'avait écrit ? Et pourquoi ? Il n'aurait la paix que lorsqu'il l'aurait trouvé. Il fut tiré de sa rêverie par un léger bruit, et, ramené au monde extérieur, il aperçut au milieu de la pièce une petite créature avec des cheveux filasse, enveloppée d'un grand tablier à fleurs, qui s'affairait avec un balai et une pelle à poussière. Elle s'était arrêtée et regardait fixement le papier qu'il tenait à la main.

— Oh ! monsieur ! S'il vous plaît, monsieur, s'écria la petite personne.

— Qui êtes-vous, mon enfant ? demanda gentiment Poirot.

— Annie Bates, monsieur, sauf votre respect. Je viens aider Mrs Ross. Je ne voulais pas... je n'aurais jamais voulu faire quelque chose que je n'aurais pas dû faire. C'était pour le bien, monsieur. Je veux dire, pour votre bien.

La lumière se fit dans l'esprit de Poirot. Il lui montra le chiffon de papier.

— C'est vous qui avez écrit ça, Annie.

— Je ne voulais rien faire de mal, monsieur. C'est bien vrai.

Poirot lui sourit.

— Naturellement, vous ne vouliez rien faire de mal. Racontez-moi votre histoire, Annie. Pourquoi avez-vous écrit ça ?

— Voilà, monsieur. C'est ces deux-là, monsieur. Mr Lee-Wortley et sa sœur. Mais ce n'était pas sa sœur, j'en suis sûre. Personne de nous autres ne le croyait, et elle n'était pas plus malade que moi. Nous le savions tous et nous trouvions qu'il se passait quelque chose de drôle. Je vais tout vous dire, monsieur. J'étais dans sa salle de bains à elle, j'apportais des serviettes propres et j'ai écouté à la porte. Il était venu dans la chambre, et ils causaient tous les deux. J'entendais ce qu'ils disaient comme je vous entends : « Ce détective, qu'il disait, ce Poirot qui arrive tout à l'heure, il faut qu'on fasse quelque chose. Il faut qu'on s'en débarrasse le plus vite possible. » Et puis le voilà qui dit d'une façon vilaine, sinistre, en baissant la voix : « Où l'as-tu mis ? » Et elle : « Dans le pudding », qu'elle lui répond. Oh ! monsieur, monsieur, mon sang n'a fait qu'un tour, j'ai cru que mon cœur allait s'arrêter. J'ai cru qu'ils voulaient vous empoisonner avec le pudding de Noël. Je ne savais pas quoi faire. Mrs Ross, elle n'écouterait jamais une fille comme moi. Alors l'idée m'est venue qu'il fallait que je vous écrive un mot d'avertissement. C'est ce que j'ai fait et je l'ai mis sur votre oreiller où vous seriez sûr de le voir en venant vous coucher.

Annie se tut à bout de souffle.

Poirot la considéra sérieusement pendant un instant.

— Annie, dit-il enfin, je crois que vous allez voir trop de films d'épouvante ou que c'est la télévision qui vous trouble. Enfin, et c'est très important, vous avez un bon cœur et de l'ingéniosité. Quand je serai rentré à Londres, je vous enverrai un cadeau.

— Oh ! merci, monsieur ! Merci beaucoup.

— Dites-moi quel cadeau vous ferait plaisir.

— Ce qui me ferait plaisir, monsieur ? Vous me donneriez n'importe quoi pour me faire plaisir ?

— Oui. Dans les limites raisonnables, dit prudemment Poirot.

— Oh ! monsieur, est-ce que je pourrais avoir un poudrier tout à fait le dernier modèle, le plus chic, comme celui qu'avait la sœur de Mr Lee-Wortley, qui n'était pas sa sœur ?

— Oui, Annie, je crois que ce sera possible. « Et voilà qui m'intéresse, murmura Poirot. L'autre jour, je regardais, dans un musée, des objets antiques trouvés à Babylone ou dans une autre ville qui date de plusieurs milliers d'années, et, parmi ceux-ci il y avait des boîtes à fard. Le cœur des femmes n'a pas changé. »

— Pardon, monsieur, dit Annie.

— Rien. Je réfléchissais, mon petit. Vous aurez votre poudrier.

Annie s'éloigna extasiée. Poirot la suivit des yeux, tout heureux lui-même.

« Bon, se dit-il. Maintenant, je m'en vais. Je n'ai plus rien à faire ici. »

Mais brusquement, deux bras lui entourèrent les épaules.

— S'il vous plaît, monsieur Poirot, restez sous le gui une minute... dit Bridget.

Poirot était ravi, absolument ravi.

« Quel heureux Noël ! » se dit-il.

LE RETOUR D'HERCULE POIROT

(The under dog)

Lily Margrave lissait avec un soin excessif ses gants qu'elle avait étalés sur ses genoux. On la sentait nerveuse. Elle jeta un rapide coup d'œil au personnage assis en face d'elle dans un grand fauteuil.

Elle avait entendu parler de M. Hercule Poirot, le célèbre détective, mais elle le voyait pour la première fois en chair et en os.

Son aspect comique, presque ridicule, ne correspondait guère à l'idée qu'elle s'était faite de lui. Comment ce drôle de petit homme, avec sa tête en forme d'œuf et ses énormes moustaches, accomplissait-il les choses extraordinaires qu'on lui attribuait ? Le jeu même auquel il se livrait tout en l'écoutant parler frappa Lily par son invraisemblable puérilité. Il empilait les uns sur les autres des petits cubes de bois de couleurs différentes et semblait beaucoup plus intéressé par le résultat obtenu que par ce qu'elle lui racontait.

Elle se tut soudain et il leva brusquement la tête.

— Continuez, mademoiselle, je vous en prie. Ne croyez pas que je sois distrait. Je vous suis, au contraire, avec beaucoup d'attention.

Il se remit à ses constructions tandis qu'elle reprenait son récit. C'était celui d'une tragédie bouleversante, mais rapportée en termes d'une telle concision, par une voix si calme qu'il n'y restait, pour ainsi dire, rien d'humain.

Quand elle eut fini, elle dit :

— J'espère vous avoir tout exposé avec clarté.

Poirot approuva d'un hochement de tête, éparpilla sur la table ses cubes de bois, puis, se redressant dans son fauteuil, les mains réunies par les extrémités des doigts, il récapitula.

— Sir Reuben Astwell a été assassiné, il y a dix jours. Or, mercredi, c'est-à-dire avant-hier, la police a arrêté son neveu Charles Leverson. Les charges contre celui-ci sont les suivantes (reprenez-moi, si je me trompe) : Il y a dix jours, la nuit du crime, Mr Leverson est rentré très tard. Il avait ouvert la porte avec son passe-partout. Sir Reuben travaillait encore. Seul, dans ce qu'il appelait son « sanctuaire », la salle de la Tour, il écrivait à son bureau. Le maître d'hôtel, dont la chambre se trouve directement au-dessous de la salle de la Tour, a entendu Leverson se disputer avec son oncle. Un bruit sourd, comme celui d'un siège renversé, suivi d'un cri étouffé, a marqué la fin de la querelle.

« Inquiet et bouleversé, le maître d'hôtel allait monter voir ce qu'il se passait, mais quelques secondes plus tard, comme Mr Leverson quittait la salle de la Tour en sifflant gaiement, il n'a plus attaché d'importance à ce qu'il venait d'entendre. Le lendemain matin, pourtant, une femme de chambre trouvait sir Reuben mort à côté de son bureau. On l'avait assommé avec un objet pesant.

« Je crois comprendre que le maître d'hôtel n'a d'abord rien dit à la police. Il me semble que c'était naturel. Vous ne trouvez pas, mademoiselle ? »

Cette question fit sursauter Lily.

— Pardon ? dit-elle.

— On cherche quelque chose d'humain dans une affaire comme celle-là. A vous entendre l'exposer, si remarquablement, avec une telle sobriété, j'avais l'impression que les acteurs de ce drame n'étaient que des automates, des marionnettes. Mais moi, je cherche toujours la nature humaine, et je me dis que ce maître d'hôtel... comment m'avez-vous dit qu'il s'appelle ?

— Parsons.

— Oui, ce Parsons a forcément les caractéristiques de sa classe. Il redoute particulièrement la police et les policiers, et il leur en dit le moins possible. Pardessus tout, il évitera de dire quoi que ce soit qui pourrait avoir l'air de porter tort à quelqu'un de la famille. Un cambrioleur, oui, c'est une bonne idée, et il s'y cramponnera avec toute l'énergie dont il est capable. Voyez-vous, les formes que peut prendre la loyauté des serviteurs sont intéressantes à étudier.

Poirot était enchanté. Il se renversa contre le dossier de son fauteuil.

— En attendant, continua-t-il, les habitants de la maison, hommes et femmes, ont tous exposé leur version du crime, Mr Leverson comme les autres. A l'entendre, il serait rentré tard et serait allé se coucher sans monter voir son oncle.

— C'est ce qu'il a dit.

— Et personne n'a pensé à en douter, sauf Parsons naturellement, poursuivit Poirot d'un air méditatif. C'est alors qu'arrive un inspecteur de Scotland Yard, l'inspecteur Miller, n'est-ce pas ? Je le connais, je l'ai rencontré une ou deux fois déjà. C'est le type astucieux, le vrai furet. Et cet astucieux inspecteur Miller voit tout de suite ce que l'inspecteur de la police locale n'a pas vu. C'est que Parsons n'est pas dans son assiette, qu'il sait évidemment quelque chose qu'il n'a pas dit. Miller a vite fait de confesser

Parsons. A ce moment, il était déjà clairement prouvé qu'aucun étranger n'avait pénétré dans la maison et qu'il fallait chercher le meurtrier sur place. Parsons, terrorisé, misérable, a éprouvé un vrai soulagement quand on lui a extirpé son secret.

« Il a fait de son mieux pour éviter le scandale, mais tout a des limites. L'inspecteur Miller écoute donc Parsons, pose quelques questions, procède à quelques investigations personnelles et échafaude une accusation convaincante, extrêmement convaincante.

« On trouve, dans la salle de la Tour, la trace de doigts sanglants sur le coin du coffre et les empreintes relevées sont celles de Charles Leverson. Une femme de chambre dit à l'inspecteur qu'en faisant la chambre de Mr Leverson le lendemain du crime, elle a vidé une cuvette pleine d'eau teintée de sang. Il lui a bien expliqué qu'il s'était coupé au doigt, mais cette coupure se voyait à peine. Le poignet de la chemise qu'il portait la veille au soir avait été lavé, mais à l'intérieur d'une des manches de sa veste on a trouvé du sang. Il était très à court d'argent et devait hériter des sommes importantes à la mort de sir Reuben. Tout cela est très convaincant, mademoiselle... et pourtant vous venez me trouver. »

Lily haussa les épaules.

— Comme je vous l'ai dit, monsieur Poirot, c'est lady Astwell qui m'envoie.

— Vous ne seriez pas venue de vous-même, non ?

Le petit Belge la regarda bien en face. Elle resta silencieuse.

— Vous ne répondez pas à ma question ?

Lily se remit à lisser ses gants.

— Ça m'est assez difficile. Je tiens à être loyale envers lady Astwell. Je ne suis qu'une dame de compagnie rétribuée, mais elle m'a toujours traitée beaucoup plus comme une fille ou une nièce que comme une salariée. Elle a toujours été extraordinairement bonne pour moi... Je ne voudrais pas avoir l'air de critiquer sa façon d'agir... ou... enfin... susciter en vous un préjugé qui vous empêcherait de vous intéresser à cette affaire.

— Hercule Poirot est inaccessible aux préjugés, déclara le fameux détective d'un air satisfait et absolument convaincu. Je crois comprendre que vous trouvez lady Astwell un peu étrange. Avouez-le.

— Je dois dire...

— Parlez sans crainte, mademoiselle.

— Je trouve tout cela absurde.

— C'est là votre manière de voir ?

— Je ne veux rien dire contre lady Astwell...

— Je comprends, je comprends, dit Poirot, et du regard, il invitait la jeune fille à parler.

— C'est vraiment une excellente créature, exceptionnellement bonne, mais elle n'est pas... comment dirai-je ? Elle n'a pas d'instruction. Vous savez qu'elle était actrice lorsque sir Reuben l'a épousée, elle est imbue de toutes sortes de préventions, de superstitions, quand elle a dit quelque chose, il n'y a pas à discuter, c'est ça. Elle ne veut même pas entendre ce qu'on lui dit. L'inspecteur n'a pas été très adroit avec elle. Il l'a exaspérée. Elle affirme qu'il est stupide de soupçonner Mr Leverson, que c'est bien le genre d'idioties dont la police est coutumière et que, bien entendu, ce ne peut être ce cher Charles le coupable.

— Mais elle n'a aucun argument à faire valoir ?

— Aucun. Je lui ai répété qu'il était inutile de venir vous trouver avec une affirmation comme celle-là sans rien qui la justifie.

— Vous lui avez dit ça ? Voilà qui est intéressant.

D'un rapide coup d'œil, Poirot enregistra l'image de son interlocutrice : le tailleur noir, bien coupé, la note de lingerie à l'encolure, le petit chapeau noir si seyant. Il remarqua son élégance, son joli visage au menton un peu pointu, ses yeux bleus, ses cils très longs. Insensiblement, il sentit son attitude se modifier. Il s'intéressait maintenant davantage à cette jeune femme qu'à l'affaire qui l'amenait chez lui.

— Je croirais volontiers, mademoiselle, que lady Atswell est un peu trop émotive, pas tout à fait équilibrée.

Lily Margrave fit un signe affirmatif.

— C'est exactement ça. Comme je vous l'ai dit, elle est extrêmement bonne, mais il est impossible de discuter avec elle ou de lui faire considérer les choses d'un point de vue logique.

— Peut-être soupçonne-t-elle personnellement quelqu'un d'invraisemblable, dit Poirot.

— Mais justement, s'écria Lily. Elle a pris en grippe le malheureux secrétaire de sir Reuben. Elle prétend qu'elle *sait* que c'est lui l'assassin, bien qu'il ait été démontré de façon absolue que le pauvre Owen Trefusis ne peut pas avoir commis ce crime.

— Et elle n'a pas de raison de l'accuser ?

— Aucune. Mais, pour elle, seule l'intuition compte, dit Lily d'un ton dédaigneux.

— Et vous, mademoiselle, vous ne croyez pas à l'intuition, dit Poirot en souriant.

— Pour moi, c'est de la sottise.

Poirot se redressa dans son fauteuil.

— *Les femmes !* murmura-t-il. Elles sont contentes de se figurer que c'est une arme spéciale dont le Bon Dieu les a gratifiées ! Et, neuf fois sur dix, l'intuition ne fait que les égarer.

— Je le sais, dit Lily. Je vous ai dépeint lady Atswell. Il est absolument impossible de lui faire entendre raison.

— Et c'est pourquoi, mademoiselle, vous qui êtes

raisonnable et discrète, vous êtes venue me trouver, comme elle vous l'avait dit, et vous vous êtes arrangée pour me mettre au courant de la situation.

Lily leva brusquement la tête, surprise par le ton qu'avait pris Poirot ; elle s'excusa :

— Bien sûr, je sais à quel point vos instants sont précieux.

— Vous me flattez, mademoiselle. Pourtant, il est exact que j'ai en ce moment plusieurs affaires très importantes sur les bras.

— C'est ce que je craignais, dit-elle en se levant, je dirai à lady Astwell...

Loin de se lever, Poirot se carra dans son fauteuil et regarda la jeune fille bien en face.

— Vous êtes bien pressée de partir, mademoiselle ? Restez encore un instant.

Lily rougit et se rassit, évidemment à regret.

— Mademoiselle, vous êtes vive et décidée. Excusez le vieil homme que je suis et qui pense et agit lentement. Vous vous êtes méprise sur mes intentions. Je n'ai jamais dit que je n'irais pas voir lady Astwell.

— Alors vous viendrez ?

Elle avait dit cela sans entrain, les yeux fixés sur le tapis, et n'eut pas conscience de l'attention extrême avec laquelle Poirot l'examinait.

— Dites à lady Astwell que je suis à son entière disposition. J'arriverai à « Mon Repos », c'est bien le nom de la propriété ? cet après-midi.

Il se leva, Lily en fit autant.

— Je le lui dirai. C'est très aimable de votre part, monsieur Poirot. Je crains pourtant que vous ne vous trouviez entraîné dans une aventure chimérique.

— C'est fort probable... Mais qui sait ?

Avec une parfaite courtoisie, il accompagna sa visiteuse jusqu'à la porte, puis il retourna à pas lents dans son cabinet, s'assit, le front barré d'un pli profond, et resta plongé dans ses pensées. Enfin, il entrouvrit la porte et appela son domestique.

— Mon bon George, je vous prie de me préparer une petite valise. Cet après-midi, je vais à la campagne.

— Très bien, Monsieur, dit George.

George était typiquement anglais : grand, maigre comme un clou et toujours impassible.

— Voyez-vous, George, la jeune fille est un phénomène des plus intéressants, particulièrement lorsqu'elle est intelligente, dit Poirot tandis qu'il s'étalait dans son fauteuil et allumait une cigarette. Demander à quelqu'un de faire quelque chose et, en même temps, l'engager à ne pas le faire, voilà une opération subtile, qui exige de la finesse. Elle a été habile, cette petite, très habile même... Mais Hercule Poirot est d'une habileté tout à fait exceptionnelle.

— Je vous ai déjà entendu dire ça, Monsieur.

— Ce n'est pas au secrétaire qu'elle pense, continua Poirot. L'accusation que lady Atswell porte contre lui, elle la considère avec dédain. En même temps, elle voudrait que personne ne se mêle de cette affaire. Eh bien, moi, je vais m'en mêler ; je vais réveiller tous les chats qui dorment. Il se joue à « Mon Repos » un drame humain qui me passionne. Elle a été maligne, la petite, mais pas tout à fait assez. Je me demande ce que je vais trouver là-bas.

Un lourd silence suivit cette remarque. George en profita pour demander prosaïquement :

— Faut-il mettre aussi le smoking dans la valise ?

Poirot le considéra avec mélancolie.

— Toujours attentif, concentré sur votre besogne personnelle, George. Mais vous êtes si bon pour moi ! dit-il.

Le train de 16 h 55 stoppa en gare d'Abbotts Cross. M. Poirot un peu trop élégant, les moustaches cirées, effilées en une pointe fine, en descendit, donna son billet à la sortie et fut salué par un chauffeur exceptionnellement grand.

— Monsieur Hercule Poirot ?

— C'est bien mon nom, dit le petit Belge, l'air rayonnant.

— La voiture est de ce côté, Monsieur.

Le chauffeur ouvrit la portière d'une Rolls-Royce.

Il ne fallait pas plus de trois minutes pour aller de la gare à la villa. Le maître d'hôtel ouvrait déjà la porte quand Poirot était encore dans la voiture.

Avant d'entrer, un rapide regard permit à Poirot d'apprécier l'aspect de la maison. Sans prétendre à la beauté, elle donnait une impression de solidité et de confort.

Le détective fit deux pas dans le hall. Le maître d'hôtel le débarrassa vivement de son chapeau et de son pardessus et murmura de ce ton déférent que seuls savent prendre les domestiques vraiment stylés :

— Lady Astwell vous attend, Monsieur.

Poirot suivit le maître d'hôtel, le remarquable Parsons, sans aucun doute. Ils montèrent un escalier recouvert d'un tapis moelleux. Au premier étage, ils enfilèrent à droite un corridor qui les amena dans une petite antichambre, le domestique ouvrit une porte et annonça :

— M. Hercule Poirot.

La pièce où Poirot entra était plutôt petite et pleine à craquer de meubles et de bibelots. Une femme vêtue de noir vint au-devant de lui.

— Monsieur Poirot, dit-elle, la main tendue.

Elle considéra un instant ce pot à tabac trop élégant et, sans tenir compte de la tête cosmétiquée qui s'inclinait sur sa main, ni du « madame » respectueux dont il accompagnait son salut, elle s'écria après lui avoir donné un vigoureux shake-hand :

— J'ai confiance dans les petits hommes, ce sont les plus intelligents.

— Il me semble, dit Poirot à mi-voix, que l'inspecteur Miller est grand.

— C'est un crétin outrecuidant ! déclara lady Astwell. Asseyez-vous là près de moi, monsieur Poirot.

Elle lui montra le divan et continua :

— Lily a fait tout ce qu'elle a pu pour m'empêcher de vous appeler. Mais, à mon âge, on sait ce qu'on veut.

— Pas toujours, dit Poirot.

Confortablement installée au milieu des coussins, lady Astwell s'était tournée de manière à lui faire face.

— Lily est un amour de fille, mais elle croit tout savoir. L'expérience m'a appris que ce genre de personne se trompe souvent. Je ne suis pas intelligente, monsieur Poirot. Je ne l'ai jamais été, mais j'ai souvent raison là où d'autres, moins bêtes, ont tort. Je crois à un instinct supérieur qui nous guide. Maintenant voulez-vous que je vous dise qui est l'assassin, oui ou non ? Voyez-vous, monsieur Poirot, une femme *sait*.

— Miss Margrave sait-elle ?

— Que vous a-t-elle dit ? demanda vivement lady Astwell.

— Elle m'a rapporté les faits.

— Les faits ? Oh ! bien sûr, les faits sont absolument contre Charles. Mais moi, monsieur Poirot, je vous le dis, ce n'est pas lui le criminel. Je *sais* que ce n'est pas lui.

Penchée en avant, elle affirmait avec une conviction que son ardeur rendait presque troublante.

— Vous êtes très positive, lady Astwell.

— C'est Trefusis qui a tué mon mari. J'en suis certaine, monsieur Poirot.

— Pourquoi ?

— Pourquoi l'a-t-il tué ? Ou pourquoi en suis-je certaine ? Je vous dis que je le *sais* ! C'est drôle comme je suis pour ce genre de choses. Ma conviction est immédiate et je n'en démords jamais.

— Mr Trefusis devait-il tirer un profit quelconque de la mort de sir Reuben ?

La réponse fut immédiate :

— Il ne lui laissait pas un penny. Ça vous montre bien que mon cher Reuben n'avait ni affection pour lui ni confiance en lui.

— Y a-t-il longtemps qu'il était auprès de sir Reuben ?

— Près de neuf ans.

— C'est déjà une longue période, dit doucement Poirot, une très longue période passée au service de la même personne. Mr Trefusis devait bien connaître son employeur.

Lady Astwell le regarda fixement.

— Où voulez-vous en venir ? Je ne vois pas quel rapport ça peut avoir avec le crime.

— Je suivais une idée. Une petite idée personnelle pas bien intéressante, peut-être, mais originale sur les effets de l'emploi.

Lady Astwell le regardait toujours.

— Vous êtes très intelligent, n'est-ce pas ? demanda-t-elle sur un ton plutôt dubitatif. Tout le monde le dit.

Poirot se mit à rire.

— Peut-être que vous même, un de ces jours, me ferez ce compliment, madame. Mais revenons au motif. Parlez-moi de votre personnel, des gens qui se trouvaient ici la nuit de cette tragédie.

— Il y avait Charles, naturellement...

— Mr Leverson est le neveu de votre mari, si je comprends bien, pas le vôtre ?

— Parfaitement. Charles est le fils unique de la sœur de Reuben. Elle avait épousé un homme relativement riche, mais il y a eu une crise, comme cela arrive quelquefois dans la Cité. Le père de Charles est mort, sa mère aussi, et le garçon et venu chez nous. A ce moment-là, il avait vingt-trois ans ; il voulait être avocat. Mais, quand la catastrophe s'est produite, Reuben l'a pris dans ses affaires.

— Etait-il travailleur, Mr Leverson ?

— J'aime les gens qui comprennent vite, dit lady Astwell avec un hochement de tête approbateur. Non, et c'était là le point noir. Charles n'était pas travailleur, et il y avait toujours des scènes avec son oncle à cause des sottises qu'il faisait. On ne peut pas dire que le pauvre Reuben avait le caractère facile. Bien des fois, je lui ai dit qu'il avait oublié ce que c'était que d'être jeune. Il était bien différent dans sa jeunesse, monsieur Poirot.

A ce souvenir, lady Astwell poussa un profond soupir.

— On change, madame, c'est une règle à laquelle personne n'échappe, déclara Poirot.

— Avec *moi*, pourtant, il n'a jamais été grossier. Ou, du moins, si ça lui arrivait, il le regrettait toujours et savait me le dire. Pauvre cher Reuben !

— Il était difficile à vivre, quoi ?

— Moi, je savais toujours le prendre, dit lady Astwell sur le ton qu'aurait pris un dompteur expérimenté. Mais, quelquefois, quand il se mettait en colère contre les domestiques, ça devenait gênant. Il y a plusieurs manières de se mettre en colère, et celle de Reuben n'était pas la bonne.

— Pouvez-vous me dire exactement comment sir Reuben a disposé de sa fortune, lady Astwell ?

— Il l'a partagée par moitié entre Charles et moi. Les hommes de loi le disent moins simplement, mais c'est à ça que ça revient.

— Je vois, murmura Poirot. Maintenant, lady Astwell, je vous demande de m'indiquer de façon précise les personnes qui vivent habituellement chez vous. Il y a d'abord vous, et puis le secrétaire, Mr Owen Trefusis, et le neveu de sir Reuben, Mr Charles Leverson, miss Lily Margrave. Vous pourrez peut-être me dire quelques mots de cette jeune personne ?

— Vous voulez être renseigné sur Lily ?

— Oui. Y a-t-il longtemps qu'elle est avec vous ?

— A peu près un an. J'ai eu des quantités de secrétaires-dames de compagnie, vous savez. Mais, pour une raison ou pour une autre, elles ont toujours fini par me taper sur les nerfs. Lily n'est pas comme les autres. Elle a du tact, elle est pleine de bon sens, et, de plus, elle est si jolie ! J'aime avoir une jolie figure auprès de moi. Monsieur Poirot, je suis une drôle de personne. Ma sympathie ou mon antipathie est immédiate. Dès l'instant où j'ai vu cette petite, je me suis dit : « Elle fera mon affaire. »

— Ce sont des amis qui vous l'ont procurée, madame ?

— Il me semble qu'elle a répondu à une annonce que j'avais mise dans un journal... Oui. C'est bien ça.

— Vous savez quelque chose de sa famille, de ses antécédents.

— Je crois que ses parents sont aux Indes. Je ne sais pas grand-chose sur eux, mais on se rend compte, tout de suite, que Lily appartient à un bon milieu, n'est-ce pas ?

— Oh ! certainement, certainement.

— Bien sûr, je ne suis pas moi-même ce qu'on appelle « une dame ». Je le sais, et les domestiques le savent également, mais je n'ai rien de bas. Je suis capable d'apprécier la valeur des autres et personne n'aurait pu être meilleur pour moi que Lily ne l'a été. Je la considère presque comme une fille, ça je vous l'affirme, monsieur Poirot.

De la main droite, Poirot redressa quelques objets qui se trouvaient sur la table près de lui, puis il demanda :

— Sir Reuben partageait-il ce sentiment ?

Les yeux toujours fixés sur les bibelots, il remarqua cependant l'hésitation presque imperceptible de lady Astwell.

— Avec un homme c'est différent, dit-elle. Naturellement, ils s'entendaient... ils s'entendaient très bien.

— Je vous remercie, madame, dit Poirot qui dissimula un sourire. Et sauf les domestiques, il n'y avait personne d'autre dans la maison ?

— Ah ! si. Il y avait Victor.

— Victor ?

— Oui, Victor Astwell, le frère de mon mari, qui était aussi son associé.

— Il habitait avec vous ?

— Non. Il venait d'arriver pour passer quelques jours à « Mon Repos », après avoir vécu plusieurs années en Afrique occidentale.

— En Afrique occidentale, répéta Poirot à mi-voix.

Il avait compris qu'on pouvait s'en remettre à lady Astwell pour développer n'importe quel sujet pourvu qu'on lui en laissât le temps.

— On dit que c'est un pays merveilleux mais je crois que c'est surtout un pays qui exerce sur les hommes une influence désastreuse. On y boit trop, on ne sait plus ce qu'on fait. Aucun des Astwell n'a bon caractère, mais celui de Victor, depuis qu'il est revenu de là-bas ! Ça dépasse les bornes ! C'est tout simplement scandaleux. Une ou deux fois, *moi-même,* j'ai eu peur de lui.

— A-t-il fait peur à miss Margrave ? Je me le demande, dit doucement Poirot.

— Lily ? Oh ! je ne crois pas qu'il l'ait beaucoup vue.

Poirot inscrivit quelques mots sur un minuscule carnet qu'il remit soigneusement dans sa poche après avoir replacé le petit crayon dans sa gaine.

— Je vous remercie, lady Astwell, dit-il. A présent, si vous le permettez, c'est Parsons que je voudrais interviewer.

— Désirez-vous le voir ici ? demanda lady Astwell en tendant la main vers la sonnette.

— Non. Mille fois non ! Je vais lui parler en bas.

— Si vous croyez que c'est mieux...

De toute évidence, lady Astwell était déçue de ne pas pouvoir participer à la scène qui allait suivre. Poirot prit un air mystérieux.

— C'est essentiel, dit-il vaguement, et il laissa lady Astwell fort impressionnée.

Il trouva Parsons à l'office, en train d'astiquer l'argenterie, et il entama les pourparlers en lui faisant un de ses amusants petits saluts dont il avait le secret.

— Je vous dois une explication : je suis un détective privé.

— Oui, monsieur, dit Parsons, c'est ce que nous avons compris.

Le ton était respecteux mais distant.

— Lady Astwell m'a fait appeler. Elle n'est ni tranquille ni satisfaite, continua Poirot.

— J'ai entendu Madame le dire elle-même à plusieurs reprises, monsieur, dit Parsons.

— Mais, reprit Poirot, je vous raconte des choses que vous savez déjà. Ne perdons pas de temps avec ces détails. Emmenez-moi, si vous voulez bien, dans votre chambre, et, une fois là, vous me direz exactement ce que vous avez entendu la nuit du crime.

La chambre du maître d'hôtel était au rez-de-chaussée, attenante au hall du personnel. Il y avait des barreaux aux fenêtres et, dans un des angles, la porte qui conduisait à la cave fermée. Parsons montra son lit.

— Je m'étais couché à onze heures, miss Margrave était montée dans sa chambre et lady Astwell était avec sir Reuben dans la salle de la Tour.

— Lady Astwell était avec sir Reuben ?... Continuez.

— La salle de la Tour est directement au-dessus de celle-ci. Quand on parle là-haut, on peut entendre d'ici le bruit des voix, mais sans distinguer les paroles. J'ai dû m'endormir vers onze heures et demie. Il était juste minuit lorsque j'ai été réveillé par le bruit d'une porte claquée avec violence et j'ai compris que c'était Mr Leverson qui rentrait. Ensuite, j'ai entendu qu'on marchait au-dessus de ma tête et j'ai reconnu la voix de Mr Leverson qui parlait à son oncle.

— A ce moment-là, j'ai eu idée que Mr Charles était... je ne dirai pas ivre, non, mais qu'il était très énervé et avait tendance à faire du bruit. Il criait très fort en parlant à sir Reuben. Je saisissais un mot par-ci, par-là, mais pas assez pour comprendre de quoi il s'agissait. Tout d'un coup j'ai entendu un cri strident et un bruit sourd comme la chute d'un objet ou d'un corps lourd et, après ça, dans le silence, la voix de Mr Leverson qui criait nettement et très haut : « Mon Dieu ! Mon Dieu ! », tout comme je vous le dis, monsieur.

Parsons, d'abord peu disposé à raconter son histoire, était arrivé à y prendre un vrai plaisir. Il se voyait sous les traits d'un habile conteur. Poirot l'encouragea.

— Quelle émotion vous avez dû ressentir !

— Ah ! je vous assure, monsieur ! Ce n'est pas que, sur le moment, j'y aie attaché beaucoup d'importance. Mais, il m'est tout de même venu à l'idée qu'il s'était passé quelque chose et que je devrais peut-être bien monter voir. Je me suis levé pour allumer et je me suis cogné contre une chaise. Enfin, j'ai ouvert ma porte, je suis allé ouvrir l'autre porte de notre hall qui donne sur un passage d'où part l'escalier de service. J'étais là, en bas des marches, j'hésitais quand j'ai entendu la voix de Mr Leverson, il était au-dessus et il parlait tout naturellement, tout gaiement. « Il n'y a pas de mal, heureusement », disait-il. « Bonsoir ! » Et je l'ai entendu ensuite aller dans sa chambre en sifflotant. Alors, je suis vite retourné me coucher. Je me suis dit : « C'est seulement quelque chose qui est tombé, voilà tout. » Je vous demande un peu, monsieur, si je pouvais me douter qu'on avait assassiné sir Reuben avec Mr Leverson qui criait « Bonsoir » et tout ?

— Vous êtes sûr que c'est bien la voix de Mr Leverson que vous avez entendue ?

Parsons regarda le petit Belge avec pitié et celui-ci comprit, qu'à tort ou à raison, il n'y avait dans l'esprit de Parsons aucun doute sur ce point.

— Désirez-vous me poser d'autres questions, monsieur ?

— Il y a une chose que je voudrais savoir : aimez-vous Mr Leverson ?

— Je... je vous demande pardon, monsieur ?

— C'est une simple question : aimez-vous Mr Leverson ?

D'abord effrayé, Parsons parut ensuite embarrassé.

— L'opinion générale du personnel, monsieur... commença-t-il et il n'alla pas plus loin.

— Répondez-moi de cette façon si vous préférez.

— On trouve généralement, monsieur, que Mr Leverson est un jeune homme généreux, mais pas particulièrement intelligent.

— Eh bien, voyez-vous Parsons, sans l'avoir jamais vu, c'est précisément l'opinion que j'ai moi-même de Mr Leverson.

— Ah ! vraiment, monsieur ?

— Et quel est votre avis, pardon, l'avis du personnel sur le secrétaire ?

— C'est un monsieur très tranquille, très patient qui fait tout ce qu'il peut pour ne déranger personne.

— Vraiment ? dit Poirot.

Le maître d'hôtel toussota.

— Lady Astwell, monsieur, a tendance à juger un peu hâtivement.

— Par conséquent, dans l'esprit du personnel, c'est Mr Leverson le criminel ?

— Aucun d'entre nous ne voudrait croire que c'est lui... Nous... enfin, nous ne l'en croyons pas capable, monsieur.

— Il me semble pourtant qu'il a un caractère plutôt vif, dit Poirot.

Parsons se rapprocha de lui.

— Si vous me demandez qui, dans la maison, avait le caractère le plus violent...

Poirot leva la main.

— Ce n'est pas cette question-là que je poserais. Je demanderais qui, dans la maison, a le meilleur caractère.

Parsons le regarda bouche bée.

Poirot avait perdu assez de temps avec Parsons. Il le laissa dans sa chambre après lui avoir fait un petit salut aimable.

Le détective remonta dans le grand hall et s'arrêta un instant pour réfléchir. Un bruit léger frappa son oreille ; il sortit de ses pensées, pencha la tête de côté à la manière d'un moineau et, sur la pointe des pieds, alla jusqu'à une porte ouverte de l'autre côté du hall. Il s'arrêta sur le seuil et regarda à l'intérieur de la pièce. C'était une petite bibliothèque. A l'extrémité la plus éloignée de la porte, un jeune homme pâle et maigre, assis devant un grand bureau, écrivait avec assiduité. Il avait le menton fuyant et portait un pince-nez.

Poirot l'observa un moment, puis signala sa présence par un éternuement bruyant.

Le jeune homme interrompit son travail et tourna la tête. Il ne parut pas spécialement ému, mais plutôt perplexe, en voyant Poirot.

Le détective avança de quelques pas et dit avec son habituel petit salut :

— Vous êtes bien Mr Trefusis ? Je m'appelle Poirot, Hercule Poirot. Vous avez peut-être entendu parler de moi.

— Oh ! mais certainement, dit le jeune homme.

Poirot l'observait avec attention.

Owen Trefusis devait avoir environ trente-trois ans et le détective comprit sur-le-champ pourquoi personne n'arrivait à prendre au sérieux l'accusation de lady Astwell. Mr Owen Trefusis était le type du jeune homme comme il faut, sérieux, modeste et doux au point d'en être désarmant. Le type de garçon que partout on malmène systématiquement. On pouvait être sûr qu'il ne manifesterait jamais de rancune.

— C'est lady Astwell qui vous a fait appeler ? Elle a dit qu'elle allait le faire. Puis-je vous être utile en quoi que ce soit ?

— Lady Astwell vous a-t-elle parlé de ce qu'elle croit ? De ses soupçons ?

— Quant à cela, dit Trefusis avec un petit sourire, je crois qu'elle me soupçonne. C'est absurde, mais c'est comme ça. Elle m'a à peine adressé la parole depuis la mort de sir Reuben et elle s'aplatit contre les murs quand je la croise dans la maison.

Il était parfaitement naturel et il semblait y avoir plus d'amusement que de rancune dans ses paroles.

Poirot prit un air de franchise engageant :

— Entre nous, expliqua-t-il, elle m'a dit la même chose. Je n'ai pas discuté avec elle. Je me suis fait une règle de ne jamais discuter avec des personnes aussi péremptoires. C'est une perte de temps, vous comprenez.

— Vous avez raison.

— Je dis : oui, madame ; parfaitement, madame ; précisément, madame. Ces mots-là ne veulent rien dire et sont tout de même apaisants. Je vais procéder à mes investigations. Il semble presque impossible qu'un autre que Leverson ait pu commettre le crime... pourtant... enfin, il est déjà arrivé que l'impossible se réalise.

— Je comprends fort bien votre attitude, dit le secrétaire. Je vous en prie, considérez que je suis entièrement à vos ordres.

— Bon, dit Poirot. Nous nous comprenons. Alors, racontez-moi les événements de cette soirée. Autant commencer par le dîner.

— Comme vous le savez sans doute, Leverson n'a pas dîné à la maison. Il y avait eu une algarade grave entre son oncle et lui et il était allé dîner au golf. Sir Reuben était d'une humeur massacrante.

— Pas très commode, ce monsieur-là ? insinua Poirot.

Trefusis se mit à rire.

— Oh ! il était terrible ! Je n'ai pas travaillé avec lui pendant neuf ans sans connaître ses petites manières. C'était un être extraordinairement difficile, monsieur Poirot. Il piquait des crises de rage comme un enfant et injuriait tous ceux qui s'approchaient de lui, quels qu'ils fussent. J'avais fini par m'y habituer, par ne plus faire la moindre attention à ce qu'il disait. Au fond, il n'était pas vraiment méchant, mais il en arrivait à être stupide et exaspérant. Ce qu'il fallait surtout, c'était ne jamais lui répondre.

— D'autres personnes avaient-elles acquis autant de sagesse que vous sur ce point ?

— Lady Astwell aimait assez les bonnes scènes. Son mari ne lui faisait pas peur du tout, elle lui tenait tête et lui répondait du tac au tac. Ensuite, ils se réconciliaient toujours et sir Reuben l'aimait profondément.

— S'étaient-ils disputés ce soir-là ?

Trefusis jeta un regard de côté à son interlocuteur et hésita avant de répondre.

— Je le crois. Pourquoi me demandez-vous ça ?

— Une idée, simplement.

— En réalité, je ne le sais pas, expliqua le secrétaire, mais tout se présentait comme s'ils devaient en arriver là.

Poirot abandonna ce sujet.

— Qui y avait-il d'autre à dîner ?

— Miss Margrave, Mr Victor Astwell et moi.

— Comment la soirée s'est-elle passée ?

— Nous sommes allés au salon, sir Reuben ne nous a pas accompagnés. Il y est venu une dizaine de minutes plus tard et il m'a flanqué un abattage à cause de je ne sais plus quel détail concernant une lettre. Je suis monté avec lui dans la salle de la Tour et j'ai arrangé la chose, puis Mr Victor Astwell est arrivé, a déclaré qu'il désirait voir son frère en tête à tête, et je suis descendu au salon rejoindre les dames. Un quart d'heure s'était à peine écoulé lorsque j'ai entendu la sonnette de sir Reuben qui carillonnait sans arrêt, et Parsons est venu me dire d'aller immédiatement trouver sir Reuben. Comme j'entrais dans la salle de la Tour, Mr Victor en sortait. Il m'a bousculé et m'a presque fait tomber. Il était évidemment bouleversé. C'est un homme très violent. Je ne crois même pas qu'il m'ait vu.

— Sir Reuben ne vous a rien dit à son sujet ?

— Si. Il m'a dit : « Victor est fou. Un de ces jours, il tuera quelqu'un dans une de ses crises de fureur. »

— Vraiment ? Et avez-vous idée de ce qui l'avait mis dans un état pareil ?

— Absolument pas.

Poirot tourna lentement la tête et regarda le secrétaire. Le détective eut l'impression que Trefusis en avait peut-être dit plus qu'il ne voulait, mais, cette fois encore, il n'insista pas.

— Et ensuite ? Continuez, s'il vous plaît.

— J'ai travaillé avec sir Reuben pendant une heure et demie environ. A onze heures, lady Astwell est arrivée, et sir Reuben m'a dit que je pouvais me retirer.

— Et vous êtes parti ?

— Oui.

— Vous êtes-vous rendu compte du temps que lady Astwell a passé auprès de son mari ?

— Pas du tout. Sa chambre est au premier étage, la mienne est au second, de sorte que je n'aurais pas pu l'entendre rentrer chez elle.

— Je vois, dit Poirot, puis il se leva brusquement. Conduisez-moi à la salle de la Tour, ajouta-t-il.

Le secrétaire passa devant lui ; ils montèrent par le grand escalier au premier étage, suivirent un corridor au bout duquel il y avait une porte rembourrée qui les amena sur le palier de l'escalier de service ; un court passage aboutissait à une autre porte qu'ils franchirent ; ils se trouvèrent sur le lieu du crime : la salle de la Tour.

C'était une immense salle dont le plafond devait

être deux fois plus haut que celui de toutes les autres pièces de la maison. Des armes de sauvages, flèches, sagaies, poignards, décoraient les murs et des objets curieux, presque tous venant d'Afrique, étaient disposés sur les meubles. Une grande table à écrire occupait l'embrasure de la fenêtre. Poirot s'en approcha aussitôt.

— C'est là qu'on a trouvé sir Reuben ?

Trefusis fit un signe affirmatif.

— Si je comprends bien, il a été frappé par-derrière ?

De nouveau, le secrétaire inclina la tête.

— Il a été frappé avec une de ces massues, expliqua-t-il. Elles sont terriblement lourdes. La mort a dû être instantanée.

— Cela confirme l'idée que le crime n'était pas prémidité. Une querelle violente, on attrape presque inconsciemment la première arme venue...

— Oui. C'est accablant pour ce malheureux Leverson.

— Et on a découvert le corps effondré en avant sur la table ?

— Non. Il avait glissé de côté sur le sol.

— Tiens, c'est curieux, dit Poirot.

— Pourquoi curieux ? demanda Trefusis.

— A cause de ceci, dit Poirot en montrant du doigt une tache arrondie, irrégulière, sur la surface cirée de la table. Ça, mon ami, c'est une tache de sang.

— Peut-être une éclaboussure, dit Trefusis. On a même pu la faire plus tard, lorsqu'on a déplacé le corps.

— C'est possible, c'est possible, dit le petit Belge. Cette salle n'a pas d'autre porte que celle par laquelle nous sommes entrés ?

— Ici. Voyez. Il y a un escalier.

Trefusis tira un rideau de velours qui masquait

l'angle le plus rapproché de la porte. De là, un petit escalier en spirale montait à un étage supérieur.

— Cette tour a été construite pour un astronome. L'escalier monte à la pièce circulaire où il avait installé son télescope. Sir Reuben y a fait aménager une chambre ; il y couchait parfois, quand il travaillait très tard.

Poirot monta vivement les marches. La pièce circulaire était simplement meublée d'un lit de camp, d'une chaise et d'une table de toilette. Il se rendit compte qu'il n'y avait pas d'autre issue et redescendit dans la salle où Trefusis l'attendait.

— Avez-vous entendu rentrer Mr Leverson ? demanda-t-il.

— Non, dit le secrétaire. A cette heure-là, je dormais profondément.

Poirot fit lentement le tour de la salle.

— Eh bien ! dit-il enfin, je crois qu'ici, il n'y a rien de plus... à moins... voulez-vous être assez aimable pour tirer les rideaux ?

Docilement, Trefusis tira les lourds rideaux de velours noir devant la fenêtre. Poirot alluma la lampe centrale dont la lumière était diffusée par une grande coupe en albâtre suspendue au plafond.

— Il y a bien une lampe de bureau ? demanda-t-il.

Le secrétaire alluma une lampe puissante munie d'un abat-jour en porcelaine verte qui se trouvait sur la table à écrire. Poirot éteignit le plafonnier, puis le ralluma à plusieurs reprises.

— C'est bien, dit-il. Pour ici, j'ai fini. Merci, Mr Trefusis, pour toute votre complaisance.

— Je vous en prie, dit le secrétaire. Le dîner est à sept heures et demie.

Pensif, Poirot se rendit dans la chambre qui lui était réservée. Il y trouva George, l'insondable, déballant les effets de son maître.

— Mon bon George, dit-il au bout d'un instant, j'espère bien rencontrer au dîner un certain monsieur qui m'intrigue beaucoup. Un homme qui revient des tropiques, George, avec un caractère tropical, à ce qu'on dit. Un homme dont Parsons voudrait me parler et dont miss Margrave ne fait pas mention. Feu sir Reuben Astwell avait un terrible caractère, George. En supposant qu'un homme comme lui se soit trouvé en contact avec un autre encore plus irascible, on pouvait redouter une explosion.

— Pas forcément, Monsieur.

— Non ?

— Non, Monsieur. J'avais ma tante Jemina, une langue de vipère, une affreuse mégère. Elle martyrisait sa pauvre sœur qui vivait avec elle, que c'en était honteux. Tout juste si elle ne l'a pas fait mourir à force de méchanceté. Eh bien, si on lui tenait tête, c'était une autre chanson ! Elle filait doux, un vrai agneau ! Ce qu'elle ne supportait pas, c'était la douceur.

— Ah ! dit Poirot, voilà qui donne à penser.

George toussa, comme pour s'excuser.

— Puis-je faire quoi que ce soit pour vous aider, Monsieur ? demanda-t-il gentiment.

— Certainement. Je voudrais savoir la couleur de la robe que portait miss Margrave le soir du crime et laquelle des femmes de chambre fait son service.

George reçut ces instructions avec son impassibilité habituelle.

— Très bien, Monsieur. Je vous donnerai ces renseignements demain matin.

Poirot se leva et regarda le feu.

— Vous m'êtes bien utile, George, dit-il à mi-voix... Et, vous savez, je me souviendrai de votre tante Jemina.

En fin de compte, ce n'est pas ce soir-là que Poirot devait rencontrer Victor Astwell. Retenu à Londres, celui-ci s'était excusé par téléphone.

— Il s'occupe des affaires laissées par votre mari ? demanda Poirot à lady Astwell.

— Victor est un des associés. Il est allé en Afrique afin d'étudier certaines concessions minières pour la maison, dit lady Astwell. C'était bien pour une affaire de mines, n'est-ce pas, Lily ?

— Oui, madame.

— Des mines d'or, je crois. Ou bien était-ce du cuivre ou de l'étain ? Vous devriez le savoir, vous, Lily. Vous posiez toujours des tas de questions là-dessus à sir Reuben ! Oh ! faites attention, ma chère petite. Vous allez renverser ce vase !

— Il fait affreusement chaud ici, avec le feu, dit la jeune fille. Est-ce que je peux ouvrir la fenêtre une minute ?

— Si vous voulez, mon petit, dit simplement lady Astwell.

Poirot regarda la jeune fille ouvrir la fenêtre et se pencher pour respirer l'air frais du jardin. Lorsqu'elle eut gagné son siège, il lui demanda aimablement :

— Vous vous intéressez aux mines, mademoiselle ?

— Oh ! non. Pas beaucoup. J'écoutais ce que disait sir Reuben, mais je n'y connais rien, déclara-t-elle.

— Alors, vous faisiez joliment bien semblant, dit lady Astwell. Le pauvre Reuben croyait même que vous aviez une raison particulière de lui poser toutes ces questions.

Le détective n'avait pas quitté des yeux le feu qu'il regardait fixement. Néanmoins, la rougeur qui envahit soudain le visage de Lily Margrave ne lui échappa pas. Avec tact, il changea le sujet de la conversation.

Lorsque vint l'heure de se retirer, il s'approcha de lady Astwell.

— Je voudrais vous dire un mot, madame.

Aussitôt, Lily Margrave quitta discrètement le salon. Lady Astwell regarda le détective.

— Madame, vous êtes la dernière personne qui ait vu sir Reuben vivant.

Elle fit un signe affirmatif ; des larmes jaillirent de ses yeux ; elle y porta un mouchoir bordé de noir.

— Ne pleurez pas, madame, je vous en prie !

— C'est bien joli de dire ça, monsieur Poirot. Je ne peux pas m'en empêcher !

— Je suis un triple imbécile de vous faire de la peine comme ça.

— Mais non, continuez. Qu'est-ce que vous vouliez me dire ?

— Il était environ onze heures, n'est-ce pas, lorsque vous êtes entrée dans la salle de la Tour, et sir Reuben a renvoyé Mr Trefusis. C'est bien cela ?

— Oui, je crois.

— Combien de temps êtes-vous restée auprès de sir Reuben ?

— Il était exactement minuit moins le quart quand je suis entrée dans ma chambre, je me souviens d'avoir regardé la pendule.

— Lady Astwell, consentiriez-vous à me dire de quoi vous avez parlé avec votre mari ?

Elle éclata en sanglots et s'effondra sur le divan.

— Nous... nous sommes disputés, gémit-elle.

— A quel propos ? demanda Poirot d'une voix presque tendre.

— A propos d'un tas de choses. Ça a commencé par Lily. Reuben l'avait prise en grippe, sans raison. Il prétendait l'avoir surprise fouillant dans ses papiers. Il voulait la renvoyer. Alors j'ai dit que c'était une fille charmante et que moi, je ne le voulais pas. Alors il s'est mis à crier et moi, je me suis regimbée. Je lui ai dit tout ce que je pensais de lui, et, au fond, je n'en pensais pas un mot, monsieur Poirot. Il m'a dit qu'il m'avait tirée du ruisseau pour m'épouser et je lui ai dit... mais qu'est-ce que tout ça signifie maintenant ? Je ne me le pardonnerai jamais ! Vous comprenez, je me disais toujours qu'une bonne scène clarifiait l'air. Si je m'étais doutée qu'on allait le tuer cette nuit-là ! Pauvre vieux Reuben !

Poirot avait écouté cette tirade désespérée avec commisération.

— Je vous ai fait de la peine, dit-il. Je vous en demande pardon. Tâchons maintenant de n'être que pratiques, exacts, tout à fait terre à terre. Vous restez persuadée que c'est Mr Trefusis qui a tué votre mari ?

Lady Astwell se redressa.

— Monsieur Poirot, l'instinct d'une femme ne la trompe jamais.

— Naturellement, naturellement, dit Poirot. Mais alors, quand l'a-t-il fait ?

— Quand ? Mais après ! Quand je n'étais plus dans la salle de la Tour.

— Vous avez quitté sir Reuben à minuit moins le quart. Mr Leverson est rentré à minuit moins cinq. Vous pensez que dans l'espace de ces dix minutes, le secrétaire, qui était dans sa chambre, est revenu et l'a tué ?

— C'est parfaitement possible.

— Tant de choses sont possibles, dit Poirot. En dix minutes cela pouvait se faire, oui. Mais cela s'est-il fait ?

— Il prétend qu'il était au lit, dormant profondément, mais qui peut savoir s'il y était ou non ? demanda lady Astwell.

Poirot lui rappela que personne n'avait vu Trefusis circuler à cette heure-là.

— Bien sûr, personne ne l'a vu. Tout le monde était couché et endormi, dit lady Astwell d'un ton triomphant.

« Je me le demande », pensait Poirot qui dit presque aussitôt :

— Eh bien ! lady Astwell, je vous souhaite une bonne nuit.

***

George déposa près du lit de son maître le plateau sur lequel fumait le café matinal.

— Monsieur, miss Margrave portait une robe de mousseline de soie vert pâle le soir du crime.

— Merci, George, je vois que je peux compter sur vous.

— C'est la troisième femme de chambre qui s'occupe de miss Margrave, elle s'appelle Gladys.

— Merci, George. Vous êtes un trésor inappréciable.

— Pas du tout, Monsieur.

— Il fait beau, dit Poirot en regardant par la fenêtre. Il est probable que personne ne s'agitera de très bonne heure. Je pense, mon bon George, que nous aurons la salle de la Tour pour nous seuls si nous voulons nous livrer à une petite expérience.

— Vous avez besoin de moi, Monsieur ?

— L'expérience ne sera pas douloureuse, dit Poirot.

Les rideaux étaient encore fermés lorsqu'ils arrivèrent dans la salle de la Tour. George allait les ouvrir. Poirot l'en empêcha.

— Laissez la pièce comme elle est. N'allumez que la lampe du bureau.

George obéit.

— Maintenant, mon bon George, asseyez-vous dans ce fauteuil. Installez-vous comme si vous écriviez. Très bien. Moi, je saisis la massue, je me glisse derrière vous, comme ça, et je vous frappe sur le fond du crâne.

— Oui, Monsieur, dit George.

— Ah ! mais, quand je tape, arrêtez-vous d'écrire, dit Poirot. Vous comprenez, je ne peux pas faire les gestes rigoureusement. Je ne peux pas vous frapper aussi fort que l'assassin a frappé sir Reuben. Quand nous en sommes là, il faut faire semblant. Je vous frappe sur la tête et vous vous effondrez, comme ça : les bras étendus, le corps flasque. Laissez-moi vous arranger... Non, ne fléchissez pas les muscles.

Poirot soupira.

— George, vous repassez magnifiquement les pantalons, mais vous n'avez pas un brin d'imagination. Je vais me mettre à votre place.

A son tour. Poirot s'assit devant le bureau.

— J'écris. Je ne pense qu'à ça. Vous, vous arrivez à pas de loup derrière moi et vous me tapez sur la tête avec la massue. Pan ! Le stylo me tombe de la main, je m'écroule en avant, mais pas très loin en avant parce que le fauteuil est bas et que, de plus, mes bras me soutiennent. Maintenant, retournez à la porte, restez là et dites-moi ce que vous voyez.

— Hum !

— Oui, George, allez-y.

— Je vous vois, Monsieur, assis au bureau.

— Assis au bureau...

— C'est un peu difficile de voir exactement. C'est loin et l'abat-jour est épais. Si je pouvais allumer le plafonnier...

George tendit la main vers l'interrupteur.

— Non ! Non ! Non ! cria Poirot. Nous nous en tirerons très bien comme ça. Je suis ici, penché sur la table et vous, vous êtes debout près de la porte. Avancez, maintenant, George. Avancez et posez la main sur mon épaule.

George obéit.

— Appuyez-vous un peu sur moi, comme pour vous mettre bien d'aplomb. Voilà.

Le corps abandonné, Hercule Poirot glissa sur le côté dans la pose qu'il avait recherchée.

— Je m'effondre ça y est ! Oui, c'est très bien imaginé. Maintenant, il faut faire une chose encore plus importante. Il est indispensable que je prenne un solide petit déjeuner, dit Poirot.

Le petit homme éclata de rire, enchanté de sa plaisanterie.

— L'estomac, George, ne doit jamais être négligé.

Poirot descendit, riant toujours. Il était content de la tournure que prenaient les choses. Après son breakfast, il fit la connaissance de Gladys, la troisième femme de chambre. Ce qu'elle lui raconta du crime l'intéressa beaucoup. Elle était pleine de sympathie pour Charles bien que sa culpabilité ne fît pour elle aucun doute.

— Pauvre jeune homme, dit-elle, c'est tout de même dur pour lui, Monsieur, surtout qu'à ce moment-là, on peut dire qu'il n'était pas vraiment lui-même.

— Ils devaient bien s'entendre, miss Margrave et lui. Les deux seuls jeunes gens de la maison.

— Miss Lily était très distante avec lui, dit Gladys en hochant la tête. Elle ne voulait pas d'histoires et le faisait clairement comprendre.

— Elle lui plaisait beaucoup ?

— Oh ! comme ça, en passant pour ainsi dire. Rien de mal, Monsieur. Mr Victor Astwell, lui alors, il est complètement fou de miss Lily, dit Gladys en riant un peu bêtement.

— Ah ! oui ?

Gladys rit de nouveau.

— Il en a été amoureux tout de suite. Il faut bien dire que miss Lily est vraiment belle, comme un lis. Vous ne trouvez pas, Monsieur ? Si élancée, avec des cheveux d'un si joli blond !

— Pour le soir, elle devrait porter une robe vert clair, dit Poirot d'un air rêveur. Il y a une certaine nuance de vert...

— Elle en a une, Monsieur, dit aussitôt Gladys. Maintenant qu'elle est en deuil, elle ne peut pas la mettre, mais c'est celle qu'elle portait le soir où sir Reuben est mort.

— Il lui faut un vert tendre, rien de foncé, reprit Poirot.

— C'est justement vert tendre, Monsieur. Attendez-moi une minute je vais vous la montrer. Miss Lily vient de sortir avec les chiens.

Poirot le savait aussi bien qu'elle. Ce n'est qu'après avoir vu Lily sortir qu'il s'était mis en quête de la femme de chambre. Gladys partit comme une flèche et revint portant la robe sur un cintre.

— Exquis ! s'écria Poirot les mains levées dans un geste d'admiration. Confiez-la-moi un instant, que je la voie bien au jour.

Il prit des mains de Gladys la jolie robe et se retourna pour la porter tout près de la fenêtre. Il se pencha pour la mieux voir, puis la tint à bout de bras.

— C'est vraiment ravissant, dit-il. Merci de me l'avoir montrée.

— Il n'y a pas de quoi, Monsieur. Nous savons toutes que les Français s'intéressent aux robes des dames.

— Vous êtes trop gentille, dit Poirot.

Il la suivit des yeux tandis qu'elle s'éloignait

en courant avec la robe, puis il regarda ses deux mains et sourit. Dans la droite il tenait une paire de ciseaux minuscules, dans la gauche un petit morceau de mousseline de soie verte, soigneusement coupé.

« Maintenant, soyons héroïque », se dit-il.

Revenu dans sa chambre, il appela George.

— Mon bon George, vous allez trouver sur la table de toilette, une épingle de cravate en or.

— Oui, Monsieur.

— Sur le lavabo, un petit flacon d'éther. Trempez la pointe de l'épingle dans l'éther.

George obéit. Il avait cessé depuis longtemps de s'étonner des lubies de son maître.

— C'est fait, Monsieur.

— Très bien. Approchez, je vous tends mon doigt, enfoncez-y l'épingle.

— Pardon, Monsieur... Mais... Vous voulez que je vous pique ?

— C'est bien ce que je désire. Il faut faire sortir une goutte de sang, mais pas trop tout de même.

George saisit le doigt de son maître. Poirot ferma les yeux et tourna la tête. Le domestique enfonça l'épingle et Poirot poussa un petit cri.

— Je vous remercie, George. Ce que vous venez de faire est magnifique, dit-il. Il sortit de sa poche le petit carré de mousseline et essuya délibérément son doigt sanglant avec.

— L'opération a parfaitement réussi, déclara-t-il en examinant le résultat. Vous n'êtes pas curieux, George ? C'est admirable.

George qui venait de jeter un coup d'œil par la fenêtre, dit alors :

— Excusez-moi, Monsieur. Un monsieur vient d'arriver dans une grosse voiture.

— Ah ! Ah ! L'irascible Mr Victor Astwell, sans

doute. Je descends faire sa connaissance, dit Poirot, et il se leva vivement.

Il devait entendre Mr Victor Astwell bien avant de le voir. Des vociférations retentissaient dans le hall.

— Regardez donc ce que vous faites, espèce d'idiot ! Il y a du verre dans cette caisse. Mais bon sang, Parsons, sortez-vous de là ! Posez donc ça, imbécile !

Poirot descendit lentement l'escalier. Arrivé en bas, il salua poliment un colosse qui n'était autre que Victor Astwell.

— Qui diable êtes-vous ? rugit le colosse.

Poirot salua de nouveau.

— Je m'appelle Hercule Poirot.

— Bon Dieu ! Alors Nancy a fini par vous appeler tout de même, hurla l'autre.

Il mit la main sur l'épaule de Poirot et le poussa dans la bibliothèque.

— Alors c'est vous le type autour duquel on fait tant de foin ? dit-il en considérant le détective du haut en bas. Excusez mon langage de tout à l'heure. Ce chauffeur que j'ai est un âne, et Parsons, ce vieux crétin, me porte toujours sur les nerfs. Voyez-vous, je supporte mal les imbéciles. Heureusement vous n'appartenez pas à cette catégorie, monsieur Poirot, ajouta cordialement Victor Astwell.

— Certains qui l'avaient cru ont regretté leur erreur, dit tranquillement Poirot.

— Alors Nancy vous a trimbalé jusqu'ici. Elle s'est mis des idées folles dans la tête à propos du secrétaire de Reuben. Ça ne tient pas debout. Trefusis est mou comme une chiffe. Je crois bien qu'il ne boit que du lait par-dessus le marché ! Il est antialcoolique. C'est vous faire gaspiller votre temps. Vous ne croyez pas ?

— Quand on a l'occasion d'observer la nature

humaine, on ne perd jamais son temps, dit Poirot d'un ton placide.

— La nature humaine ? Ah ! oui.

Victor le regarda, puis se laissa choir dans un fauteuil et demanda :

— Puis-je faire quelque chose pour vous ?

— Oui. Vous pouvez me dire à quel propos vous vous êtes querellé avec votre frère le soir de sa mort.

Victor Astwell secoua la tête.

— Ça n'a rien à voir avec le crime.

— En êtes-vous sûr ?

— Ça n'avait rien à voir avec Charles Leverson.

— Lady Astwell est persuadée que Charles Leverson n'a rien à voir avec le crime.

— Oh ! Nancy !...

— Parsons croit dur comme fer que c'est Charles Leverson qui est rentré très tard cette nuit-là, mais il ne l'a pas vu. Rappelez-vous que personne ne l'a vu.

— Là, vous vous trompez, dit Astwell. Je l'ai vu.

— Vous l'avez vu ?

— C'est très simple. Reuben avait fortement tarabusté le jeune Charles, non sans raison, je le reconnais. Ensuite, c'est à moi qu'il s'en est pris. Je lui ai assené quelques vérités personnelles et, rien que pour l'embêter, j'ai pris le parti du garçon. Je tenais à voir Charles dès cette nuit-là pour lui dire ce qu'il en était. Je suis monté dans ma chambre et je ne me suis pas couché. J'ai laissé ma porte entrebâillée et j'ai attendu en fumant des cigarettes. Ma chambre est au deuxième étage à côté de celle de Charles.

— Excusez-moi de vous interrompre. Mr Trefusis, lui aussi, habite au deuxième étage ?

— Oui, dit Astwell, sa chambre vient tout de suite après la mienne.

— Plus près de l'escalier ?

— Non, de l'autre côté.

Une lueur étrange éclaira le visage de Poirot, mais l'autre ne s'en aperçut pas et continua.

— Comme je vous l'ai dit, j'attendais Charles. J'ai entendu claquer la porte d'entrée vers minuit moins cinq, mais je n'ai pas vu Charles avant au moins dix minutes. Quand il est arrivé au palier du second, j'ai tout de suite compris qu'il était inutile d'essayer de lui parler ce soir-là.

Victor Astwell leva le coude de façon significative.

— Je vois, dit Poirot.

— Le pauvre garçon n'arrivait pas à marcher droit. Il faisait une triste figure. Sur le moment j'ai attribué cela à son état. Maintenant, je me rends compte qu'il venait de commettre son crime.

Poirot demanda aussitôt :

— Vous n'aviez entendu aucun bruit venant de la salle de la Tour ?

— Non, mais souvenez-vous que j'étais exactement à l'autre extrémité de la maison. Les murs sont très épais, et je ne crois pas que j'aurais pu entendre même un coup de feu tiré de la Tour. J'ai demandé à Charles s'il avait besoin d'aide pour se mettre au lit, mais il m'a dit qu'il s'en tirerait très bien. Il est entré chez lui et a claqué la porte. Alors je me suis déshabillé et couché.

Poirot contemplait le tapis d'un air songeur.

— Vous rendez-vous compte de l'importance de cette déclaration, Mr Astwell ? dit-il enfin.

— Oui. Du moins... Que voulez-vous dire ?

— Selon cette déclaration, dix minutes se seraient écoulées entre le moment où Leverson a claqué la porte d'entrée et celui où il a paru au deuxième étage. Je crois savoir qu'il dit lui-même être monté directement se coucher en rentrant... Mais, il y a autre chose. L'accusation portée par Lady Astwell est fantastique, je l'admets. Jusqu'à présent, toutefois, rien n'a prouvé qu'elle fût injustifiable, mais votre déclaration crée un alibi.

— Comment ça ?

— Lady Astwell dit qu'elle a quitté son mari à minuit moins le quart, alors que le secrétaire était monté se coucher à onze heures. Le seul moment où il aurait pu commettre son crime se place donc entre minuit moins le quart et le retour de Mr Leverson. Si, comme vous le dites, vous attendiez devant votre porte ouverte, Trefusis n'a pas pu sortir de sa chambre sans que vous le voyiez.

— C'est vrai, dit Victor Astwell.

— Il n'y a pas d'autre escalier ?

— Non. Pour descendre à la salle de la Tour, il fallait qu'il passe devant ma porte et il n'y est pas passé. J'en suis absolument sûr. Mais, de toute façon, je vous l'ai dit, il est trop timide, ça je peux vous l'assurer.

— Oui, oui, je comprends tout ça... Et vous ne voulez toujours pas me dire la cause de votre dispute avec sir Reuben ?

Victor Astwell devint écarlate.

— Vous n'obtiendrez rien de moi.

Poirot regarda le plafond.

— Je sais être discret, dit-il presque à voix basse, lorsqu'il s'agit d'une femme.

Astwell bondit.

— Sacré nom ! Comment savez-vous ? Qu'est-ce que vous insinuez ?

— Je pense à miss Lily Margrave, dit Poirot.

Victor Astwell resta debout, indécis, pendant une minute, puis il retrouva son teint normal et se rassit.

— Vous êtes trop malin pour moi, monsieurs Poirot. C'est bien au sujet de Lily que nous nous sommes querellés, Reuben et moi. Il s'acharnait contre elle. Je ne sais ce qu'il avait découvert, quelque chose comme de fausses références. Moi, je n'en crois pas un mot. Après ça, il a dépassé les bornes. Il a prétendu qu'elle sortait la nuit pour aller retrouver des hommes. Mon Dieu ! Qu'est-ce que je lui ai passé ! Je lui ai dit que des plus forts que lui s'étaient fait descendre pour en avoir dit moins que ça, ce qui l'a fait taire. Reuben avait peur de moi quand je piquais une crise.

— Je n'en suis pas surpris, dit aimablement Poirot.

— J'estime beaucoup Lily Margrave, dit Victor Astwell sur un ton différent. C'est une fille bien à tous les points de vue.

Poirot ne répondit pas. Il regardait droit devant lui, apparemment perdu dans ses pensées. Il en sortit avec un sursaut.

— Je crois que j'ai besoin de me dégourdir les jambes, dit-il. Il y a bien un hôtel, par ici ?

— Deux, dit Astwell : l'*Hôtel du Golf* qui se trouve à mi-hauteur tout près du terrain de golf, et l'*Hôtel de la Mitre*, en bas, près de la gare.

— Je vous remercie. J'éprouve vraiment le besoin de faire un tour.

L'*Hôtel du Golf* est situé, comme il convient, sur le terrain même du golf, presque contre la villa du club. C'est là que Poirot se dirigea tout d'abord. Il avait une façon à lui de faire les choses. Trois minutes après avoir pénétré dans l'hôtel, il avait obtenu de miss Langdon, la directrice, une audience privée.

— Je suis désolé de vous déranger, mademoiselle, mais voyez-vous, je suis détective.

Il préférait à tout la simplicité. Dans ce cas, l'efficacité de sa méthode apparut aussitôt.

— Un détective, répéta la directrice, en le regardant avec un air peu convaincu.

— Je n'appartiens pas à Scotland Yard, expliqua-t-il. En réalité, et vous vous en êtes peut-être aperçue, je ne suis pas anglais. Je procède à une enquête privée sur la mort de sir Reuben Astwell.

— Qu'est-ce que vous me dites ? Alors ça !...

Miss Langdon le regardait avec des yeux ronds comme des soucoupes.

— Mais oui, dit Poirot, ravi. Naturellement, je ne peux le révéler qu'à une personne discrète comme vous. Je crois, mademoiselle, que vous pouvez m'aider. Pourriez-vous me dire le nom d'un monsieur qui habitait ici au moment du crime, qui se serait absenté de l'hôtel ce soir-là ? Il ne serait rentré que vers minuit et demi.

Miss Langdon faisait des yeux de plus en plus ronds.

— Vous ne pensez pas... dit-elle dans un souffle.

— Que le criminel était chez vous ? Non, mais j'ai des raisons de penser qu'un de vos clients est allé se promener dans la direction de « Mon Repos » cette nuit-là. Dans ce cas, il a pu voir des choses qui, sans avoir de sens pour lui, pourraient m'être utiles.

La directrice hocha la tête avec sagacité et prit l'air visé d'une personne très au courant des enchaînements logiques dans une enquête.

— Je comprends parfaitement, dit-elle. Voyons, laissez-moi chercher. Qui avions-nous alors ?

Elle fronça les sourcils, récapitula en pensée les noms des clients qu'elle avait à cette époque.

— Le capitaine Swann, Mr Elkins, le commandant Blunt, le vieux Mr Benson. Non, vraiment, monsieur, je ne crois pas qu'aucun d'entre eux soit sorti ce soir-là.

— Si l'un d'entre eux l'avait fait, l'auriez-vous remarqué ?

— Sûrement, car c'est très rare. Voyez-vous, ces messieurs vont quelquefois dîner dehors ; ils s'absentent une heure ou deux, mais ils ne sortent pas après dîner parce que, n'est-ce pas, il n'y a nulle part où aller.

Les attractions d'Abbotts Cross se limitaient au golf et uniquement au golf.

— C'est exact, reconnut Poirot. Alors, autant que vous pouvez vous en souvenir, personne de chez vous n'est sorti cette nuit-là ?

— Le capitaine England et sa femme sont allés dîner dehors.

Poirot secoua la tête.

— Ce n'est pas à ce genre de sortie que je pense. Je vais aller voir à l'autre hôtel, l'*Hôtel de la Mitre,* je crois ?

— Oh ! l'*Hôtel de la Mitre* ?... Vous avez raison, *de là,* n'importe qui aurait pu aller faire un tour à pied.

Evidemment, elle ne tenait pas la clientèle de la Mitre en haute estime. Poirot se retira avec tact et dignité.

Dix minutes plus tard, il répétait la même scène avec miss Cole, la directrice de l'*Hôtel de la Mitre,* moins prétentieux et moins cher, situé tout près de la gare.

— Il y a un monsieur qui est resté tard dehors, ce soir-là. Il est rentré vers minuit et demi, si je me souviens bien. C'était une habitude chez lui. Il aimait se promener au milieu de la nuit. Il l'avait déjà fait une fois ou deux. Voyons, comment s'appelait-il ? Pour l'instant je ne retrouve pas son nom.

Elle ouvrit un grand registre et se mit à en tourner les pages.

— Dix-neuf, vingt, vingt et un, vingt-deux. Ah ! voilà : Naylor, le capitaine Humphrey Naylor.

— Il était déjà venu chez vous ? Vous le connaissiez bien ?

— Il était déjà venu une fois, à peu près quinze jours plus tôt. Je me rappelle que la première fois déjà, il sortait la nuit, dit miss Cole.

— Il était venu pour jouer au golf ?

— Je le crois. C'est ce qui attire la plupart de nos clients.

— Je le crois aussi. Eh bien, mademoiselle, je vous remercie beaucoup et je vous souhaite le bonjour, dit Poirot en s'en allant.

Le détective retourna à « Mon Repos ». Il avait l'air préoccupé. Plusieurs fois, en marchant, il regarda un petit objet qu'il tirait de sa poche.

« Il faut se décider, murmura-t-il, se parlant à lui-même, et faire vite, saisir la première occasion. »

Son premier soin, en rentrant, fut de demander à Parsons où il pourrait trouver miss Margrave. Parsons lui dit qu'elle était dans le petit bureau en train de mettre à jour la correspondance de lady Astwell. Il trouva sans peine le petit bureau. Lily Margrave écrivait, assise devant une table, près de la fenêtre. Elle était seule. Poirot ferma soigneusement la porte derrière lui et s'approcha de la jeune fille.

— Voulez-vous m'accorder quelques minutes d'entretien, mademoiselle ?

— Avec plaisir.

Lily repoussa les papiers qu'elle avait devant elle et se tourna vers lui.

— Que puis-je faire pour vous ?

— Mademoiselle, je crois avoir compris que le soir du drame, lorsque lady Astwell est venue retrouver son mari, vous êtes allée vous coucher directement. Est-ce exact ?

— Oui.

— Et ensuite, vous n'êtes pas redescendue, par hasard ?

— Non.

— Il me semble, mademoiselle, que vous avez dit n'être allée ce soir-là, à aucun moment, à la salle de la Tour.

— Je ne me souviens pas de l'avoir dit, mais, en effet, c'est vrai : je n'y ai pas mis les pieds.

Poirot leva les sourcils.

— Etrange ! murmura-t-il.

— Que voulez-vous dire ?

— Que c'est fort étrange. Alors, comment expliquez-vous ceci ?

Il sortit de sa poche un petit morceau de mousseline de soie verte maculé de sang et le tendit à Lily pour qu'elle le voie bien.

Elle ne changea pas de visage, mais le détective, sans même l'entendre, se rendit compte qu'elle respirait plus vite.

— Je ne comprends pas, monsieur Poirot.

— Si je ne me trompe, mademoiselle, vous portiez une robe de mousseline de soie verte ce soir-là. C'est de là que vient ce chiffon, dit-il.

— Et vous l'avez trouvé dans la salle de la Tour ? demanda vivement la jeune fille. A quel endroit ?

Poirot regardait le plafond.

— Pour le moment, nous dirons simplement dans la salle de la Tour.

Une expression de terreur apparut pour la première fois dans le regard de Lily. Elle faillit parler mais se retint. Poirot observait ses mains blanches et fines, crispées sur le bord de la table.

— Je me demande si je suis allée ce soir-là dans la salle de la Tour, dit-elle comme si elle pensait tout haut. Je suis presque certaine que non. Si ce bout de chiffon y est depuis si longtemps, il me semble bien extraordinaire que la police ne l'ait pas découvert tout de suite.

— La police ne pense pas à beaucoup de choses auxquelles pense Hercule Poirot.

— Peut-être y suis-je entrée un instant juste avant le dîner, continua Lily sur le même ton. Ou était-ce la veille ? J'avais la même robe. Oui, je suis presque sûre que c'était la veille.

— Je ne le crois pas, dit Poirot.

— Pourquoi ?

Il ne fit qu'un signe négatif.

— Vous voulez dire... commença Lily.

Elle était penchée en avant les yeux fixés sur lui, pâle comme une morte.

— Vous n'avez pas remarqué que ce fragment d'étoffe est taché, mademoiselle ? Et, il n'y a pas à en douter, la tache est du sang humain.

— Vous dites ?...

— Je dis, mademoiselle, que vous êtes allée dans la salle de la Tour après le crime, et non avant. Je crois que vous ferez bien de me dire toute la vérité, si vous ne voulez pas avoir des ennuis encore plus graves.

Il s'était levé, l'air sévère ; redressé de toute sa petite taille, il pointait vers elle un index menaçant.

— Comment avez-vous découvert... dit Lily.

— Peu importe, mademoiselle. Hercule Poirot *sait*. Je sais qu'il existe un capitaine Humphrey Naylor et que vous êtes descendue pour le voir cette nuit-là.

Subitement, Lily s'effondra, la tête sur ses bras étendus, et fondit en larmes. Aussitôt, l'attitude de Poirot changea.

— Là, là, mon petit, ne vous désolez pas, dit-il en lui tapotant l'épaule. On ne peut pas tromper Hercule Poirot. Une fois que vous l'aurez compris, toutes vos misères finiront. Et maintenant, vous allez me raconter toute l'histoire. Vous voulez bien raconter ça au papa Poirot ?

— Ce n'est pas ce que vous croyez, pas du tout. Humphrey, mon frère, ne l'a pas touché.

— Votre frère, dit Poirot ? C'est donc ça ! Eh bien, si vous voulez qu'il échappe aux soupçons, il faut me raconter tout, maintenant, sans aucune réserve.

Lily se rassit, repoussa les cheveux qui lui tombaient sur la figure et, au bout d'un instant, elle se mit à parler d'une voix basse mais claire.

— Je vais vous dire la vérité, monsieur Poirot. Je vois maintenant que ce serait absurde de ne pas le faire. Mon vrai nom est Lily Naylor, Humphrey est mon unique frère. Lorsqu'il était en Afrique, il y a quelques années, il a découvert une mine d'or. Je devrais plutôt dire : il a découvert de l'or. Je ne peux pas bien raconter cette partie-là parce que je ne comprends rien aux détails techniques, mais ça peut se ramener à ceci.

« La chose semblait pouvoir devenir une énorme affaire, Humphrey est rentré porteur de lettres adressées à sir Reuben Astwell qu'on espérait intéresser à cette entreprise. Je ne comprends rien aux droits de chacun, maintenant encore, mais je sais que sir Reuben a envoyé là-bas un expert chargé de lui faire un rapport. Par la suite, il a dit à mon frère que le rapport de l'expert était défavorable et que lui, Humphrey, s'était complètement trompé. Mon frère est retourné en Afrique avec une expédition qui est partie pour l'intérieur du pays et dont on a perdu la trace. On a supposé que l'expédition avait péri et mon frère avec elle.

« Très peu de temps après cela, une société s'est constituée pour l'exploitation des gisements d'or du Mpala. Quand mon frère a fini par revenir en Angleterre il a tout de suite pensé que ces gisements étaient ceux-là même qu'il avait découverts ! En apparence, sir Reuben Astwell n'avait rien de commun avec cette société qui, semblait-il, avait prospecté les gisements par ses propres moyens. Mais cela ne satisfaisait pas Humphrey. Il demeurait convaincu que sir Reuben l'avait trompé délibérément.

« Cette affaire le rendait de plus en plus amer et malheureux. Nous sommes seuls au monde, lui et moi, et, comme il devenait nécessaire que je gagne ma vie, j'ai conçu l'idée de prendre un emploi chez lady Astwell qui cherchait une secrétaire. Je voulais tâcher de savoir s'il existait oui ou non un rapport entre sir Reuben et les gisements de Mpala. Pour des raisons faciles à comprendre, j'ai pris un nom qui n'était pas le mien et, je l'admets franchement, je me suis servie de fausses références.

« Les candidates à l'emploi que je briguais étaient nombreuses et généralement plus qualifiées que moi pour l'obtenir, alors... enfin, monsieur Poirot, j'ai écrit une magnifique lettre de la duchesse de Pertshire qui, je le savais, venait de partir pour l'Amérique. Je pensais que l'intervention d'une duchesse impressionnerait lady Astwell. J'avais raison, elle m'a engagée sur-le-champ.

« Depuis lors, je suis l'être méprisable et odieux : l'espionne, et, jusqu'à une époque très récente, sans aucun succès. Sir Reuben n'était pas homme à livrer les secrets de ses affaires, mais Victor Astwell est revenu d'Afrique. Il est moins circonspect dans ses discours et j'ai commencé à croire qu'Humphrey ne s'était pas trompé. Mon frère est venu ici une quinzaine de jours avant le crime et je suis sortie la nuit pour le rencontrer. Je lui ai rapporté ce qu'avait dit Victor Astwell. Il en avait été extrêmement ému et m'a assuré que j'étais sur la bonne piste.

« Après cela, les choses ont commencé à se gâter. Quelqu'un a dû me voir sortir de la maison et le dire à sir Reuben. Il est devenu méfiant, il a cherché mes certificats et s'est vite aperçu qu'ils étaient faux. La crise a éclaté le jour du crime. Je crois qu'il me soupçonnait de convoiter les bijoux de sa femme. Quels qu'aient été ses soupçons, il avait décidé de ne pas me tolérer plus longtemps sous son toit. Il acceptait pourtant de ne pas me poursuivre pour m'être présentée sous une fausse identité. Lady Astwell a pris mon parti sans hésiter et a résisté courageusement à son mari. »

Elle se tut. Poirot restait très grave.

— Et maintenant, mademoiselle, nous arrivons à la nuit du crime.

Lily baissa la tête ; elle avala péniblement sa salive.

— Il faut que je vous dise pour commencer que mon frère était revenu et que je m'étais arrangée pour le voir encore une fois cette nuit-là en cachette. Je suis bien montée dans ma chambre comme je l'ai dit, mais je ne me suis pas mise au lit. J'ai attendu que tout le monde dorme : je suis descendue comme une ombre et je suis sortie par la porte qui est sur le côté de la maison. J'ai retrouvé Humphrey et l'ai mis rapidement au courant des événements. Je lui ai dit que les papiers dont il avait besoin devaient être dans le coffre de sir Reuben, qui se trouve dans la salle de la Tour. Nous avons décidé de tenter dans la nuit une dernière aventure désespérée pour nous en emparer.

« Je devais passer devant et m'assurer que les voies étaient libres. Minuit venait de sonner quand je suis rentrée par où j'étais sortie. J'étais au milieu de l'escalier qui monte à la salle de la Tour, lorsque j'ai entendu le bruit d'une chute et quelqu'un a crié : « Mon Dieu ! Mon Dieu ! » Presque aussitôt, on a ouvert la porte de la salle de la Tour et j'ai vu sortir Charles Leverson. Sous le clair de lune, je voyais nettement sa figure, mais moi, j'étais accroupie dans un coin très sombre de l'escalier, plus bas que lui, et il ne pouvait pas me voir.

« Il resta là un moment, les jambes flageolantes, le visage décomposé. Il avait l'air d'écouter, puis après un effort visible pour se ressaisir, il a rouvert la porte de la salle de la Tour et a crié quelque chose : qu'il n'y avait pas de mal, je crois. Sa voix était gaie, insouciante même, mais sa figure ! C'était bien différent ! Il est resté encore un instant là, puis il s'est mis à monter lentement et a disparu sur le palier du second étage.

« J'ai attendu quelques secondes et je me suis glissée dans la salle de la Tour. J'avais le sentiment qu'il était arrivé quelque chose d'affreux. Le plafonnier était éteint ; il n'y avait pas d'autre lumière que celle de la lampe du bureau, et j'ai aperçu sir Reuben étendu par terre contre la table. Je ne sais pas comment j'ai rassemblé assez de courage pour m'en approcher. Je me suis agenouillée auprès de lui. J'ai vu tout de suite qu'il était mort. Il avait été frappé par-derrière et la mort ne devait remonter qu'à quelques minutes. J'ai touché sa main, elle était toute chaude. C'était horrible, monsieur Poirot, horrible ! »

Elle frissonnait en y pensant.

— Et alors ? dit Poirot en la regardant attentivement.

Lily baissa la tête.

— Oui. Je sais ce que vous pensez. Pourquoi n'ai-je pas donné l'alerte, réveillé toute la maison ? Mais, agenouillée là, j'ai compris soudain que la prévention de sir Reuben contre moi, ma sortie à la dérobée pour voir Humphrey, mon congédiement (je devais partir le lendemain), constituaient un enchaînement de faits graves et bien dangereux. On dirait que j'avais introduit mon frère dans la maison et qu'il avait tué sir Reuben par vengeance. Et si j'affirmais que j'avais vu Charles Leverson sortir de la salle de la Tour, personne ne me croirait.

« C'était atroce, monsieur Poirot. Des pensées tumultueuses se succédaient dans ma cervelle, et, à mesure que je réfléchissais, je sentais mon courage m'abandonner. Tout d'un coup, j'ai vu les clefs de sir Reuben ; elles avaient dû sortir de sa poche au moment de sa chute. La clef du coffre-fort était dans le trousseau. Je connaissais le chiffre de la combinaison, car lady Astwell l'avait dit une fois en ma présence. J'ai ouvert le coffre, j'ai cherché fiévreusement dans les papiers et j'ai fini par trouver ce que je cherchais. Humphrey avait raison : sir Reuben était derrière la Société des Gisements du Mpala. Il l'avait volé, sciemment. Mais c'était encore pire, car cela donnait à mon frère un motif bien défini pour commettre le crime. J'ai remis les papiers à leur place dans le coffre, j'ai laissé la clef dans la serrure et je suis montée tout droit dans ma chambre. Le lendemain matin j'ai joué la stupéfaction et l'horreur qu'éprouvaient tous les autres, quand la femme de chambre a découvert le corps. »

Elle jeta à Poirot un regard pitoyable :

— Vous me croyez, monsieur Poirot ? Oh ! dites-moi que vous me croyez !

— Je vous crois, mademoiselle. Vous m'avez donné l'explication de beaucoup de choses qui m'intriguaient. Par exemple, votre certitude que Charles Leverson est le coupable, et, en même temps, votre persistance à vouloir m'empêcher de venir ici.

— J'avais peur de vous, dit-elle avec franchise. Lady Astwell ne pouvait savoir comme moi, que Charles était l'auteur du crime. Je ne pouvais rien dire.

J'espérais, contre toute attente, que vous refuseriez de venir.

— Sans cette inquiétude, évidente, de votre part, j'aurais peut-être refusé, dit Poirot.

Lily le regarda rapidement, elle tremblait.

— Et maintenant, qu'allez-vous faire ?

— En ce qui vous concerne, mademoiselle, rien. Je crois ce que vous dites et j'accepte votre version des événements. Il faut que j'aille tout de suite à Londres pour voir l'inspecteur Miller.

— Et ensuite ? demanda Lily.

— Ensuite ? Nous verrons, dit Poirot, et il sortit, en fermant doucement la porte derrière lui.

« L'ingéniosité d'Hercule Poirot est vraiment stupéfiante », se dit-il avec complaisance.

L'inspecteur-détective Miller n'aimait pas particulièrement M. Hercule Poirot. Il ne faisait pas partie du groupe des inspecteurs du Yard qui accueillaient avec joie la collaboration du petit Belge. Il répétait volontiers que la valeur d'Hercule Poirot était bien surfaite.

Dans l'affaire de « Mon Repos », il était assez content de lui-même et c'est donc avec très bonne humeur qu'il reçut Hercule Poirot.

— Alors, il paraît que vous travaillez pour lady Astwell. C'est la course à la chimère !

— Il n'y a vraiment aucun doute sur l'affaire ?

— Aucun. Je n'ai jamais vu d'enquête plus simple. A moins de prendre le meurtrier sur le fait.

— Dois-je comprendre que Mr Leverson a fait des aveux ?

— Il aurait mieux fait de se taire. Il répète indéfiniment qu'il est monté tout droit dans sa chambre et qu'il n'a pas vu son oncle. Son histoire ne tient pas debout.

— Il semble, en effet, nier l'évidence, murmura Poirot. Quelle impression vous a-t-il faite, ce jeune Leverson ?

— C'est un petit serin.

— Un caractère faible, n'est-ce pas ?

L'inspecteur acquiesça.

— On a peine à croire qu'un garçon comme lui ait eu assez de cran pour commettre un crime pareil !

— Je peux pourtant vous assurer que j'ai déjà rencontré souvent des cas comme le sien. Prenez un jeune homme faible, léger, poussez-le à bout, donnez-lui un peu trop d'alcool et, pendant un laps de temps limité, vous en ferez un matamore. Un homme faible, qui se croit acculé, est plus dangereux qu'un brave.

— C'est très vrai, ce que vous dites là.

Miller se dégela un peu.

— Pour vous, monsieur Poirot, tout ça est parfait, dit-il. Vous toucherez toujours vos honoraires. Il faut évidemment que vous ayez l'air de faire des investigations pour donner satisfaction à lady Astwell. Je suis le premier à le comprendre.

— Tiens, dit Poirot, vous comprenez des choses aussi intéressantes que celle-là ?

Et il prit congé de Miller.

Il alla ensuite voir l'avoué qui représentait Charles Leverson, Mr Mayhew. C'était un homme maigre, sec et prudent. Il reçut Poirot avec réserve. Mais le petit Belge savait comment s'y prendre pour provoquer les confidences. En moins de dix minutes, Mr Mayhew était en confiance et les deux hommes causaient amicalement.

— Vous comprenez, dit Poirot, j'agis uniquement pour le compte de Mr Charles Leverson. C'est le désir de lady Astwell. Elle est convaincue qu'il n'est pas coupable.

— Rien ne dit que demain, elle ne sera pas convaincue du contraire, dit sèchement l'homme de loi.

— Il est certain que ses intuitions ne sont pas des preuves, et, au premier abord ce malheureux jeune homme paraît être en bien mauvaise posture.

— C'est dommage qu'il ait parlé à la police comme il l'a fait. Ça ne l'avance à rien de se cramponner à son histoire.

— S'y est-il cramponné avec vous ? demanda Poirot.

— Oui, dit Mayhew, et il n'y change jamais un mot. Il la répète comme un perroquet.

— Et c'est cela qui vous enlève votre confiance en lui ? Ne me dites pas le contraire ! Au fond, vous le croyez coupable. Mais, écoutez-moi, dit Poirot. Je vous soumets une version des faits qui me paraît acceptable :

« Ce jeune homme rentre chez son oncle. Il a bu cocktail sur cocktail et, sans doute, plusieurs whisky-and-soda. Il est plein de ce courage factice que procure l'alcool. C'est dans cet état qu'il rentre à « Mon Repos » et monte en titubant l'escalier qui conduit à la salle de la Tour. Il entrouve la porte et voit dans la lumière circonscrite de la lampe du bureau, son oncle apparemment penché sur sa table de travail.

« Mr Leverson est, comme nous venons de le dire, sous l'influence de l'alcool. Il ne se retient pas et dit à son oncle tout ce qu'il a sur le cœur. Il le défie, il l'insulte. L'oncle ne dit toujours rien. Lui se sent de plus en plus de force pour continuer ; il se répète, redit indéfiniment les mêmes choses, et chaque fois un peu plus fort. Enfin, le silence de sir Reuben éveille en lui une certaine inquiétude. Il s'approche de lui pose la main sur son épaule, et, sous cette légère pression, le corps de celui-ci s'écroule sur le sol, le fauteuil tombe avec fracas.

« Il est aussitôt dégrisé, le petit Leverson. Il se penche sur sir Reuben. Il comprend ce qui est arrivé, regarde sa main, couverte d'un liquide rouge et tiède. Il est terrorisé et donnerait n'importe quoi pour retenir le cri qui vient de lui échapper et dont il croit entendre l'écho à travers toute la maison. Machinalement, il relève le fauteuil puis se hâte vers la porte, écoute, croit entendre du bruit, et automatiquement, il fait comme s'il parlait à sir Reuben par la porte ouverte. Le bruit ne se renouvelle pas. Il est persuadé qu'il s'est trompé. Tout est silencieux, il se glisse jusque dans sa chambre et il lui vient à l'esprit qu'il ne peut rien faire de mieux que de prétendre n'être jamais entré chez son oncle cette nuit-là. Et il raconte son histoire de cette façon. Rappelez-vous qu'à ce moment-là, Parsons n'avait pas encore parlé de ce qu'il avait entendu. Quand il l'a fait, il était trop tard pour que Leverson modifie sa déclaration. Il est sot, obstiné, et s'y tient mordicus. Dites-moi, monsieur Mayhew, si, à votre avis, cela n'est pas possible ?

— Si, dit l'avoué. Je pense que, de la façon dont vous le présentez, c'est possible.

Poirot se leva.

— Vous avez le privilège de voir Mr Leverson, dit-il. Racontez-lui ce que je viens de vous raconter, et demandez-lui si ce n'est pas ainsi que les choses se sont passées.

En sortant du cabinet de l'avoué, Poirot héla un taxi.

— Trois cent quarante-huit, Harley Street, dit-il au chauffeur.

Lady Astwell était restée stupéfaite du brusque départ de Poirot pour Londres, car le petit homme ne lui avait rien dit de ses projets. A son retour, après une absence de vingt-quatre heures, Parsons l'avertit que lady Astwell désirait le voir immédiatement. Il trouva la dame dans son boudoir, étendue sur le divan et soutenue par des coussins. Elle avait l'air hagard, les traits décomposés, beaucoup plus encore qu'à l'arrivée du détective.

— Vous voilà revenu, monsieur Poirot ?

— Je suis revenu, madame.

— Vous êtes allé à Londres ?

— Oui, madame.

— Vous ne m'avez pas dit que vous y alliez, dit-elle d'un ton acerbe.

— Je m'excuse infiniment, madame. Je reconnais ma faute. J'aurais dû vous prévenir. La prochaine fois...

Elle lui coupa la parole.

— Vous ferez la même chose, dit-elle non sans un certain humour. Faire ce qu'on veut et prévenir ensuite, c'est votre devise, il me semble.

— C'est peut-être aussi la vôtre, madame, dit Poirot avec un regard malicieux.

Elle l'admit.

— De temps en temps, peut-être. Pourquoi êtes-vous allé à Londres ? Vous pouvez me le dire, maintenant, j'imagine.

— J'ai eu une entrevue avec l'excellent inspecteur Miller et une autre avec ce bon Mr Mayhew.

Lady Astwell scrutait le visage de son interlocuteur, elle dit lentement :

— Et vous pensez, maintenant ?

— Que l'innocence de Mr Leverson entre peut-être dans le domaine des possibilités, dit gravement Poirot, les yeux fixés sur lady Astwell.

— Ah ! J'avais donc raison !

— J'ai dit : les possibilités, lady Astwell, rien de plus.

Elle parut frappée par le ton qu'avait pris Poirot. Elle posa sur lui un regard aigu et demanda :

— Puis-je faire quelque chose ?

— Oui, madame. Vous pouvez me dire pourquoi vous soupçonnez Owen Trefusis.

— Je vous l'ai dit, je *sais*. Voilà tout.

— Ça ne suffit pas, malheureusement, dit Poirot. Reportez-vous en pensée à la terrible soirée, madame. Rappelez-vous les détails, les moindres faits. Qu'avez-vous remarqué, ou observé, qui concerne le secrétaire de sir Reuben ? Je vous le dis, moi, Hercule Poirot : il y a certainement eu quelque chose.

Lady Astwell secoua la tête.

— C'est à peine si je me suis aperçue de sa présence. Et je ne lui ai certainement pas accordé une pensée, dit-elle.

— Votre esprit était absorbé par autre chose ?

— Oui.

— Par l'animosité de votre mari contre miss Margrave ?

— C'est vrai. Mais, vous paraissez être bien au courant de tout ça, monsieur Poirot ?

— Moi, je sais toujours tout, déclara le petit homme avec une supériorité un peu ridicule.

— J'aime beaucoup Lily, monsieur Poirot. Vous vous en êtes sûrement aperçu. Reuben a commencé à faire des histoires à propos de ses références. Je ne dis pas qu'elle n'avait pas un peu triché, remarquez-le. Elle l'avait fait. Mon Dieu ! J'ai fait bien pire dans ma jeunesse ! Ce qu'il faut se débrouiller et connaître de trucs extraordinaires avec les directeurs de théâtres ! J'aurais fait, j'aurais dit, j'aurais écrit n'importe quoi à ce moment-là.

« Lily tenait à cet emploi et elle n'a pas hésité devant certains moyens qui n'étaient peut-être pas... tout à fait réguliers, vous comprenez. Les hommes sont idiots pour ces choses-là. Lily eût été employée dans une banque, elle eût à manipuler des millions qu'il n'aurait pas fait plus de foin. J'en étais terriblement préoccupée ce soir-là. D'habitude, je finissais toujours par convaincre Reuben, mais, par moments, il était comme un âne, le pauvre chéri ! De sorte que je n'avais pas la tête à remarquer un secrétaire. D'ailleurs, de toute façon, Mr Trefusis n'est pas quelqu'un qu'on remarque. Il est là, c'est tout ce qu'on en peut dire.

— Je l'ai constaté aussi, dit Poirot. Mr Trefusis n'a pas une personnalité qui émerge, qui brille, qui vous frappe : pan !

— Pour ça, non. Il n'est pas comme Victor, dit lady Astwell.

— Je dirais de Mr Victor Astwell qu'il est explosif.

— Ah ! Voilà un qualificatif splendide pour Victor. Il explose à travers toute la maison, comme un feu d'artifice, dit lady Astwell.

— J'imagine qu'il a un caractère plutôt vif, dit Poirot.

— Oh ! quand on l'excite, c'est un vrai diable ! Mais je n'ai pas peur de lui, Dieu merci. Plus de bruit que de mal, voilà Victor.

Poirot regardait le plafond.

— Et vous ne pouvez rien me dire qui vous ait frappée ce soir-là à propos de ce secrétaire ?

— Mais je vous le répète, monsieur Poirot : je *sais* ! C'est de l'intuition. L'intuition d'une femme...

— ... ne ferait peut-être pas pendre un homme, enchaîna Poirot, mais, ce qui est plus grave, ne l'empêchera pas d'être pendu. Lady Astwell, puisque vous croyez sincèrement que Mr Leverson est innocent et que vos soupçons concernant Mr Trefusis sont fondés, consentiriez-vous à faire une expérience ?

— Quel genre d'expérience ? demanda lady Astwell avec méfiance.

— Accepteriez-vous d'être mise en état d'hypnose ?

— Pourquoi, grand Dieu ?

Poirot se rapprocha d'elle.

— Si je vous disais, madame, qu'à la base de votre intuition, il y a des faits inconsciemment enregistrés par votre esprit, vous seriez probablement sceptique. Aussi, je vous dis simplement que l'expérience que je vous propose peut avoir une importance capitale pour cet infortuné jeune homme qu'est Mr Charles Leverson. Vous ne refuserez pas ?

— Qui m'endormirait ? Vous ?

— Un de mes amis, madame, qui si je ne me trompe, arrive à l'instant même. J'entends l'auto s'arrêter devant le perron.

— Qui est-ce ?

— Le docteur Cazalet d'Harley Street.

— Et c'est... quelqu'un de sûr ?

— Ce n'est pas un charlatan, si c'est là ce que vous voulez dire, madame. Vous pouvez vous mettre entre ses mains en toute sécurité.

— Bon, dit lady Astwell en soupirant. Je crois que tout ça n'est que de la blague. Essayez, pourtant, si vous voulez. Il ne sera pas dit que je vous ai empêché de faire tout ce qu'il fallait.

— Merci mille fois, madame.

Poirot sortit précipitamment du boudoir et revint un instant après, accompagné d'un petit homme qui portait des lunettes et dont la figure ronde et l'air jovial répondaient peu à l'idée que lady Astwell se faisait d'un hypnotiseur. Poirot fit les présentations.

— Alors, dit lady Astwell avec bonne humeur, comment ça commence-t-il votre farce ?

— C'est très simple, lady Astwell, tout ce qu'il y a

de plus simple, dit le petit docteur. Appuyez-vous bien, prenez une position confortable, comme ça, voilà, très bien. Ne vous tourmentez pas.

— Je ne me tourmente pas le moins du monde. J'aimerais voir quelqu'un qui m'hypnotiserait contre mon gré !

Le docteur Cazalet eut un large sourire.

— Bien sûr. Mais puisque vous êtes consentante, ce ne sera pas contre votre gré, dit-il gaiement. Voilà. Très bien. Eteignez la lumière centrale, s'il vous plaît, monsieur Poirot. Laissez-vous gagner par le sommeil, lady Astwell.

Il changea légèrement de place.

— Il se fait tard. Vous avez sommeil, très sommeil. Vos paupières s'alourdissent. Elles se ferment, se ferment, se ferment. Vous dormirez bientôt.

Sa voix était comme un ronronnement monotone, doux, apaisant. Bientôt, il se pencha et souleva très doucement la paupière droite de lady Astwell, puis il se tourna vers Poirot, avec un air satisfait.

— Ça va très bien, dit-il. Je commence ?

— S'il vous plaît.

Le docteur se mit à parler très nettement, avec autorité.

— Vous dormez, lady Astwell, mais vous m'entendez, n'est-ce pas ? Vous pouvez répondre à mes questions ?

Sans faire un mouvement, elle répondit d'une voix basse et monotone :

— Je vous entends ; je peux répondre à vos questions.

— Lady Astwell, je désire que vous reveniez à cette soirée pendant laquelle votre mari a été assassiné. Vous vous souvenez de cette soirée ?

— Oui.

Le corps étendu s'agita un peu nerveusement.

— Vous êtes à table, pendant le dîner. Décrivez-moi ce que vous voyez, ce que vous éprouvez.

— Je suis très misérable. Je suis inquiète, inquiète de Lily.

— Nous savons cela. Dites-nous ce que vous voyez ?

— Victor mange toutes les amandes salées, il est très gourmand. Demain, je dirai à Parsons de ne pas mettre l'assiette de son côté.

— Continuez, lady Astwell.

— Reuben est de très mauvaise humeur, ce soir. Je ne crois pas que ce soit à cause de Lily. C'est une chose relative à ses affaires qui le tourmente. Victor le regarde d'une drôle de façon !

— Parlez-nous de Mr Trefusis, lady Astwell.

— Sa manchette de gauche est effilochée. Il s'enduit la tête de cosmétique. Je voudrais bien que les hommes perdent cette habitude. C'est la mort des housses de fauteuils.

— Et maintenant, madame, dit Cazalet après avoir regardé Poirot, le dîner est terminé. Vous prenez le café. Décrivez-moi la scène.

— Le café est bon ce soir. Il n'est jamais pareil deux jours de suite. On ne peut pas avoir confiance en cette cuisinière pour le café. Lily regarde tout le temps par la fenêtre ; je me demande pourquoi. Maintenant, Reuben entre au salon. Il est dans une de ses pires crises et couvre ce malheureux Trefusis d'injures. Trefusis tient à la main le coupe-papier, le gros, qui a une lame effilée comme un couteau à découper. Faut-il qu'il le serre ! Les jointures de ses doigts sont complètement blanches. Il l'a enfoncé dans le bois de la table avec une force telle que la pointe a cassé. Il le tient exactement comme un poignard qu'on veut plonger dans le dos de quelqu'un. Bon, ils sont sortis ensemble maintenant. Lily a mis sa robe du soir en mousseline de soie verte. Elle est ravissante en vert. Elle a l'air d'un lis. Il faut que je fasse laver les housses de fauteuil la semaine prochaine.

— Une minute, lady Astwell.

Cazalet se tourna de nouveau vers Poirot.

— Je crois que nous y sommes, dit-il tout bas. La scène avec le coupe-papier. C'est ça qui l'a convaincue de la culpabilité du secrétaire. Passons maintenant à la salle de la Tour.

Le docteur recommença à interroger lady Astwell de la même voix, claire et autoritaire.

— Il est un peu plus tard. Vous êtes dans la salle de la Tour avec votre mari. Vous vous disputez violemment tous les deux, n'est-ce pas ?

Elle fit un léger mouvement nerveux.

— Violemment, oui. Horriblement. Nous nous disons des choses affreuses l'un à l'autre.

— N'y pensez plus maintenant. Vous voyez nettement la pièce ? Les rideaux sont tirés, les lampes allumées ?

— Pas le plafonnier, la lampe du bureau seulement.

— Vous quittez votre mari, vous lui dites bonsoir ?

— Non, j'étais trop en colère.

— C'est la dernière fois que vous le voyez. Il va être assassiné bientôt. Savez-vous qui l'a assassiné, lady Astwell ?

— Oui. Mr Trefusis ?

— Pourquoi dites-vous cela ?

— A cause de la bosse, la bosse que faisait le rideau.

— Le rideau faisait une bosse ?

— Oui.

— Vous l'avez vue ?

— Oui. Je l'ai presque touchée.

— Y avait-il un homme caché derrière Mr Trefusis ?

— Oui.

— Comment le savez-vous ?

Pour la première fois, elle hésita. On la sentait moins sûre.

— Je... Je... A cause du coupe-papier.

Poirot et Cazalet échangèrent un coup d'œil.

— Je ne vous comprends pas, lady Astwell. Vous dites que le rideau faisait une bosse, qu'il y avait quelqu'un caché derrière. Vous n'avez pas vu cette personne ?

— Non.

— Vous avez cru que c'était Mr Trefusis à cause de sa façon de manier le coupe-papier après le dîner ?

— Oui.

— Mais je croyais que Mr Trefusis était allé se coucher ?

— Oui, oui. C'est vrai, il était monté dans sa chambre.

— Il ne pouvait donc pas être derrière le rideau dans l'embrasure de la fenêtre ?

— Non, bien sûr, il n'était pas là.

— Il avait dit bonsoir à votre mari avant ça, n'est-ce pas ?

— Oui.

— Et vous ne l'avez pas revu ?

— Non.

Elle commençait à s'agiter, à se retourner en gémissant.

— Elle se réveille, dit le docteur. Je crois que nous n'en saurons pas davantage.

Poirot fit un signe affirmatif. Le docteur se pencha sur lady Astwell.

— Vous vous réveillez, dit-il très doucement. Vous

vous réveillez maintenant. Dans une minute, vous ouvrirez les yeux.

Les deux hommes attendirent un instant. Lady Astwell s'assit et les regarda l'un après l'autre.

— Est-ce que j'ai dormi ?

— Mais oui, lady Astwell, vous avez fait un petit somme, dit le docteur Cazalet.

Elle le regarda.

— C'est un de vos trucs, hein ?

— Vous ne vous sentez pas plus mal pour autant, j'espère ?

— Je me sens fatiguée, fourbue !

Le médecin se leva.

— Je vais dire qu'on vous apporte un peu de café, et, pour le moment, nous allons vous laisser, dit-il.

— Ai-je... parlé ? leur cria-t-elle comme ils ouvraient la porte.

— Vous n'avez rien dit de bien important, madame. Vous trouvez, paraît-il, que les housses des fauteuils de votre salon doivent être nettoyées.

— Et c'est bien vrai. Vous n'aviez pas besoin de m'hypnotiser pour me faire raconter ça, dit-elle en riant. Et quoi encore ?

— Vous souvenez-vous d'avoir vu Mr Trefusis jouer avec un coupe-papier dans le salon ?

— Franchement, je n'en sais rien. Il l'a peut-être fait.

— Un rideau qui fait une bosse vous dit-il quelque chose ?

Lady Astwell fronça les sourcils.

— Il me semble... J'ai un vague souvenir, dit-elle en hésitant. Non... Je ne sais plus... et pourtant.

— Ne vous en inquiétez pas, lady Astwell, dit vivement Poirot. Ça n'a pas d'importance, absolument pas.

Le docteur Cazalet accompagna Poirot dans sa chambre.

— Eh bien, dit-il. Il me semble que nous avons l'explication de pas mal de choses. Il n'est pas douteux que, pendant que sir Reuben engueulait son secrétaire, celui-ci se vengeait sur le coupe-papier et devait faire un singulier effort sur lui-même pour ne pas répondre. Quant à lady Astwell, la partie consciente de son esprit était entièrement absorbée par le problème de Lily Margrave, pendant que le subconscient enregistrait un acte et l'interprétait de travers.

« C'est de là que vient sa conviction inébranlable que Trefusis a assassiné son mari. Nous en venons maintenant au rideau « qui faisait une bosse ». C'est fort intéressant. D'après ce que vous m'avez dit, je vois la table à écrire exactement dans l'axe de la fenêtre. Il y a naturellement des rideaux devant cette fenêtre ? »

— Oui, des rideaux de velours noir.

— Et l'embrasure est assez profonde pour qu'une personne puisse y demeurer cachée pendant un certain temps ?

— Je crois qu'il y aurait juste la place.

— Il serait donc possible que quelqu'un fût caché dans la pièce. Mais, dans ce cas, ça ne peut pas être le secrétaire, puisque tous les deux l'ont vu sortir pour aller se coucher. Ça ne peut pas être Victor Astwell, Trefusis l'a rencontré qui sortait de la salle de la Tour, et ça ne peut pas être Lily Margrave. Quelle que soit la personne, elle devait être cachée là *avant* que sir Reuben n'entre dans son « sanctuaire », pendant que les autres étaient au salon. Vous m'avez expliqué les choses de façon assez précise. Et le capitaine Naylor ? Ne pourrait-il pas s'être caché là ?

— C'est toujours possible, déclara Poirot. Il a certainement dîné à son hôtel mais le moment où il est sorti est assez difficile à déterminer. Il est rentré vers minuit et demi.

— Ce pourrait donc être lui l'assassin, dit le médecin. Il avait un motif et une arme à sa portée. Cette idée n'a pas l'air de vous séduire ?

— Non, je pense à autre chose, avoua Poirot. Dites-moi, docteur, à supposer, pendant deux secondes, que lady Astwell elle-même ait commis le crime, se serait-elle forcément trahie pendant son sommeil hypnotique ?

— Lady Astwell serait la coupable ? Ce n'est pas impossible, bien sûr. Ça ne m'était pas venu à l'esprit. Elle est restée la dernière avec sir Reuben et, ensuite, personne ne l'a vu vivant... Quant à votre question, je tendrais à répondre non. Elle ne se serait abandonnée au sommeil hypnotique que bien résolue à ne rien dire de la part qu'elle aurait prise personnellement à l'assassinat. Elle aurait répondu franchement à mes questions mais aurait observé un mutisme absolu sur ce seul point. Pourtant, je ne crois pas qu'elle aurait été aussi catégorique sur la culpabilité de Mr Trefusis.

— Je comprends, dit Poirot. Je ne vous ai pas dit que je croyais que lady Astwell fût coupable. C'est une possibilité, voilà tout.

— L'affaire est intéressante, dit le docteur après un instant de réflexion. En admettant tant de suspects possibles ? Humphrey Naylor, lady Astwell et même Lily Margrave.

— Il y en a un autre que vous oubliez : c'est Victor Astwell. D'après sa propre version des choses, il est resté dans sa chambre, la porte ouverte, pour attendre le retour de Charles Leverson. Mais nous n'avons que sa parole sur ce point.

— C'est la grande gueule ? Le type dont vous m'avez parlé ? demanda Cazalet.

— Oui.

Le docteur se leva.

— Il est temps que je rentre à Londres. Vous me direz quelle tournure prennent les événements.

Après le départ de son ami, Poirot sonna George.

— Une tasse de tisane, George, s'il vous plaît. J'ai les nerfs en pelote.

— Mais oui, Monsieur. Je vous l'apporte tout de suite.

Il revint dix minutes plus tard apportant à son maître une tasse pleine d'un liquide fumant. Poirot en aspira les vapeurs avec délice.

— Ici, mon bon George, notre méthode doit s'inspirer de celle du chat. Il passe des heures longues et lassantes devant le trou de la souris. Il ne bouge pas, ne manifeste aucune velléité, mais il ne s'éloigne pas.

Poirot soupira et posa la tasse vide dans la soucoupe.

— Je vous avais dit de faire ma valise pour quelques jours. Demain, mon bon George, vous irez à Londres et vous me rapporterez ce qu'il me faut pour deux semaines.

— Très bien, Monsieur, dit George, toujours impassible.

La présence permanente, semblait-il, de Poirot, à « Mon Repos », inquiétait beaucoup de gens. Victor Astwell protesta auprès de sa belle-sœur.

— Cest très joli, tout ça, Nancy ! Vous ne savez pas ce que sont les types de cette espèce. Il a trouvé ici une résidence agréable, il va s'y incruster confortablement pendant un mois, tout en vous faisant payer plusieurs guinées par jour.

La réponse de lady Astwell précisait qu'elle se

sentait capable de diriger ses affaires toute seule.

Lily Margrave s'efforçait de dissimuler son anxiété. Sur le moment, elle s'était persuadée que Poirot la croyait. Maintenant, elle en était moins sûre.

Le jeu de Poirot n'avait rien de rassurant. Cinq jours après son arrivée, il descendit au salon, en guise de distraction après le dîner, un petit album dactyloscopique. C'était un moyen peu subtil d'obtenir les empreintes digitales de toute la maison. Personne ne pouvait se permettre de refuser l'impression des siennes. Une fois le petit homme parti se coucher, Victor dit ce qu'il en pensait.

— Vous comprenez ce que ça veut dire, Nancy ? C'est l'un de nous qu'il soupçonne.

— Vous êtes idiot, Victor !

— Enfin, quel autre sens pourrait avoir son sacré petit bouquin ?

— M. Poirot sait ce qu'il fait, déclara lady Astwell en jetant sur Trefusis un regard significatif.

Une autre fois, Poirot imagina un jeu qui consistait à relever les empreintes des semelles sur une feuille de papier. Le lendemain, entrant, selon son habitude, à pas de loup, dans la bibliothèque, il épouvanta Trefusis, qui sursauta dans son fauteuil comme s'il recevait une décharge de plomb dans le derrière.

— Il faut m'excuser, monsieur Poirot, dit-il avec une certaine affectation, mais vous finirez par nous donner à tous une maladie de cœur.

— Comment cela ? demanda l'autre innocemment.

— J'avoue, dit le secrétaire, que je croyais les preuves relevées contre Charles Leverson écrasantes. Il semble que vous n'êtes pas de cet avis.

Poirot qui regardait par la fenêtre se retourna brusquement.

— Mr Trefusis, je vais vous dire quelque chose en confidence.

— Oui ?

Poirot ne semblait pas pressé de parler. Quand il s'y décida, ses premiers mots coïncidèrent avec le bruit de la porte d'entrée qu'on ouvrait et qu'on refermait bruyamment et échappèrent à Trefusis. Il reprit à haute et intelligible voix, bien qu'il parlât en confidence.

— Je veux vous confier ceci, Mr Trefusis : nous avons une donnée nouvelle qui semble prouver que, lorsque Charles Leverson est entré vers minuit dans la salle de la Tour, sir Reuben était déjà mort.

Le secrétaire le regarda avec des yeux fixes.

— Mais... quelle donnée ? Pourquoi n'en avons-nous pas entendu parler ?

— Vous en entendrez parler, dit le petit homme sur un ton mystérieux. En attendant vous et moi seuls connaissons ce secret.

Il sortit vivement de la bibliothèque et faillit entrer en collision avec Victor Astwell.

— Vous venez de rentrer, Mr Astwell ?

— Oui. Il fait un sale temps, froid, venteux.

— Alors je n'irai pas me promener aujourd'hui. Moi, je suis comme un chat, j'aime m'asseoir près du feu et rester au chaud.

Le soir, Poirot dit à son fidèle valet :

— Ça marche George. Ils sont sur des charbons ardents. C'est dur, mon bon George, de jouer le rôle du chat, le jeu de l'attente mais ça rend merveilleusement. Demain nous essaierons un nouvel effet.

Le lendemain, Trefusis fut obligé d'aller à Londres. Il prit le même train que Victor Astwell. A peine eurent-ils quitté la maison que Poirot fut pris d'une activité frénétique.

— Venez, George. Au travail. Si une femme de chambre approche, arrêtez-la. Dites-lui n'importe quelle galanterie et arrangez-vous pour qu'elle reste dans le couloir.

Il alla d'abord dans la chambre du secrétaire et entreprit une fouille minutieuse. Tous les tiroirs, toutes les étagères y passèrent. Puis, en hâte, il remit tout en place et déclara ses recherches terminées. George qui faisait le guet à la porte se permit de tousser avec déférence :

— Excusez-moi, Monsieur.

— Oui, mon bon George ?

— Ce sont les chaussures, Monsieur. Les deux paires de souliers marrons étaient sur la seconde étagère et les souliers de cuir noir sur l'étagère de dessous. En les remettant en place, vous les avez interverties.

— Vous êtes épatant, déclara Poirot. Mais ne nous inquiétons pas de ça. C'est sans importance, je vous l'assure, Mr Trefusis ne remarquera jamais de tels détails.

— Comme vous voudrez, Monsieur.

— C'est votre métier à vous de les remarquer, et c'est tout à votre honneur, dit Poirot d'un ton encourageant.

Le domestique ne répondit pas et, quelques minutes plus tard, comme le même fait se reproduisait dans la chambre de Victor Astwell, il ne se permit aucune remarque. Dans le second cas, pourtant, les événements donnèrent raison au valet contre le maître. Victor arriva dans le salon comme un ouragan.

— Dites donc, espèce de pantin ! Sale petit Belge ! hurla-t-il. Qui vous a permis de farfouiller dans mes affaires ? Qu'est-ce que ça signifie ? Qu'est-ce que diable vous croyez que vous allez y trouver ? Je ne veux pas de ça, vous entendez ! Voilà ce qui arrive quand on garde chez soi une espèce de sale petit espion qui fourre son nez partout !

Les mains tendues en un geste éloquent vers Victor Astwell, Poirot se confondait en excuses. Les mots sortaient de sa bouche en un torrent tumultueux. Il demanda pardon cent fois, pardon mille fois, un million de fois ! Il s'était montré indiscret, maladroit, bêtement zélé. Il en était navré et confus. Il s'était permis une liberté injustifiable... Tant et si bien, que Victor, toujours furieux, fut pourtant obligé de se calmer.

Le soir, en sirotant sa tisane, Poirot dit tout bas à son fidèle valet :

— Ça marche, mon bon George. Ça marche !

— Le vendredi est mon jour de chance, déclara Poirot, le lendemain matin.

— Vraiment, Monsieur ?

— Vous n'êtes peut-être pas superstitieux, mon bon George.

— Je préfère qu'on ne soit pas treize à table et je n'aime pas passer sous les échelles, Monsieur, mais le vendredi m'est indifférent.

— C'est bien. Aujourd'hui, voyez-vous, pour nous, c'est la victoire.

— Vraiment, Monsieur ?

— Et vous ne me demandez même pas ce que j'ai l'intention de faire ?

— Qu'est-ce que ça va être, Monsieur ?

— Aujourd'hui, George, je vais faire une perquisition totale dans la salle de la Tour.

En effet, avec la permission de lady Astwell, Poirot se rendit, après le petit déjeuner, sur le lieu du crime. Là, en passant dans le corridor, on put le voir tantôt à quatre pattes sur le tapis, tantôt juché sur les sièges les plus hauts, examiner minutieusement tout ce qui se trouvait dans la pièce, décrocher les cadres, palper les rideaux. Pour la première fois, lady Astwell se sentit nerveuse.

— Je dois l'admettre, dit-elle, il finit par me taper sur les nerfs. Il a une idée dans la tête, mais je ne vois pas ce que c'est. Cette façon qu'il a de se traîner sur le sol comme certains chiens me donne froid dans le dos. Qu'est-ce qu'il cherche ? Je voudrais bien le savoir. Lily, ma chérie, montez s'il vous plaît, voir ce qu'il fait en ce moment... Non, à tout prendre, j'aime mieux que vous restiez avec moi.

— Voulez-vous que j'y aille, lady Astwell ? demanda Trefusis en se levant.

— Si vous voulez bien, monsieur Trefusis.

Owen Trefusis monta jusqu'à la salle de la Tour. Il crut d'abord qu'il n'y avait personne. Pas trace d'Hercule Poirot. Il allait redescendre lorsqu'il entendit du bruit et vit le petit Belge à mi-hauteur de l'escalier en colimaçon qui conduisait à la chambre à coucher. Poirot, toujours à quatre pattes, examinait à la loupe quelque chose sur une des marches, à côté du tapis.

Avec un petit grognement il remit la loupe dans sa poche et se releva, tenant un objet minuscule entre le pouce et l'index. C'est à ce moment qu'il aperçut Trefusis.

— Ah ! Monsieur Trefusis, je ne vous avais pas entendu entrer.

Poirot était soudain devenu un autre homme. Il triomphait, il exultait. Trefusis le considéra, abasourdi

— Qu'y a-t-il, monsieur Poirot ? Vous avez l'air bien content.

Le petit homme bomba le torse.

— Je le suis. Voyez-vous, j'ai enfin trouvé ce que je cherche depuis le premier jour. J'ai là, entre mes deux doigts, la seule chose qui m'était indispensable pour confondre le criminel.

— Alors, dit Trefusis en levant les sourcils, ce n'est pas Charles Leverson ?

— Ce n'est pas lui. Jusqu'à l'instant présent, bien que je le connaisse je n'étais pas certain du nom de l'assassin. Enfin, tout est clair.

Il descendit les dernières marches et tapa sur l'épaule du secrétaire.

— Je suis forcé d'aller immédiatement à Londres. Demandez de ma part à lady Astwell que tout le monde soit rassemblé ce soir à neuf heures dans la salle de la Tour. A ce moment-là, je serai rentré et je révélerai la vérité. Ah ! je suis bien content.

Là-dessus, Poirot se mit à exécuter quelques pas d'une danse fantastique et sortit en courant, laissant Owen Trefusis éberlué.

Quelques minutes après cette scène, le détective revint dans la bibliothèque et demanda si on pouvait lui procurer une petite boîte en carton.

— Je n'en ai malheureusement aucune sous la main, expliqua-t-il et j'en ai absolument besoin pour ranger un objet de grande valeur.

Trefusis découvrit ce qu'il désirait dans un tiroir du bureau, Poirot s'en déclara enchanté. Il monta quatre à quatre et trouva George sur le palier du premier étage. Il lui confia son trésor.

— Il y a là-dedans une chose d'une inestimable valeur. Mon bon George, rangez cette boîte dans le deuxième tiroir de la table de toilette, à côté de l'écrin où sont mes boutons de chemise en perles.

— Très bien, Monsieur.

— Faites très attention. Ce qu'il y a là-dedans conduira un assassin à la potence.

— Ah ! Vraiment, Monsieur !

Poirot descendit au galop, saisit son chapeau et partit comme un trait.

Son retour fut plus discret. Selon ses ordres, le fidèle George l'accueillit et le fit entrer par la porte de service.

— Ils sont tous dans la salle de la Tour ? Tous ?

— Oui, Monsieur.

Ils échangèrent quelques mots à voix basse, et Poirot se rendit avec une allure victorieuse dans cette salle où le crime avait eu lieu, moins d'un mois auparavant. Il parcourut la pièce du regard. Tout le monde était là : lady Astwell, Victor Astwell, Lily Margrave, le secrétaire et Parsons le maître d'hôtel. Ce dernier restait incertain auprès de la porte.

— Monsieur, George m'a dit qu'on aurait besoin de moi ici. Je ne sais pas si c'est vrai, dit-il dès que Poirot apparut.

— C'est vrai, dit le détective. Je vous prie de rester.

Il s'avança jusqu'au milieu de la salle.

— Cette affaire, dit-il en pesant ses mots, a été pour moi du plus haut intérêt, parce que n'importe qui pouvait avoir assassiné sir Reuben Astwell. Qui hérite de ses biens ? Lady Astwell et Charles Leverson. Qui est resté le plus tard avec lui cette nuit-là ? Lady Astwell. Qui a eu une dispute violente ? Encore lady Astwell.

— Qu'est-ce que vous racontez, cria lady Astwell ? Je ne comprends pas, je...

— Mais un autre s'est disputé avec sir Reuben, continua Poirot. Un autre l'a quitté, cette nuit-là, blême de rage. En supposant que lady Astwell a laissé son mari vivant à minuit moins le quart, dix minutes se seraient encore écoulées avant le retour de Mr Charles Leverson. Dix minutes pendant lesquelles il était possible à un autre de descendre furtivement du second étage, d'accomplir son crime et de retourner dans sa chambre.

Victor Astwell sauta en l'air en criant :

— Qu'est-ce que, nom de nom... ?

Il se tut, étouffant de colère.

— Mr Astwell, en Afrique occidentale, il vous est arrivé de tuer un homme dans un moment de fureur.

Lily Margrave poussa un cri :

— Je ne le crois pas !

Elle se leva les poings serrés et les joues en feu.

— Je ne le crois pas, répéta-t-elle, et elle vint se placer tout près de Victor Astwell.

— C'est vrai, Lily. Mais il y a une chose que cet individu ignore. L'homme que j'ai tué était un sorcier qui venait de massacrer quinze enfants. J'estime que mon acte était justifié !

Lily s'approcha de Poirot.

— M. Poirot, vous vous trompez. Ce n'est pas une raison parce qu'un homme a un caractère ardent, parce que de temps en temps il éclate et dit n'importe quoi, pour qu'il soit capable d'un meurtre. Je sais, je le *sais* positivement, je vous l'affirme que Mr Astwell est incapable d'un acte pareil !

Poirot la considéra avec un curieux sourire puis il lui prit la main et la caressa doucement.

— Vous voyez, mademoiselle, dit-il gentiment, vous aussi, vous avez vos intuitions. Vous avez confiance en Mr Astwell, n'est-ce pas ?

Lily s'était calmée.

— Mr Astwell est un brave homme, dit-elle, et il est honnête. Il n'a rien à voir avec l'administration des Gisements de Mpala. Il est foncièrement droit et je lui ai promis de devenir sa femme.

Victor Astwell prit l'autre main de la jeune fille.

— Monsieur Poirot, dit-il, devant Dieu, je vous jure que je n'ai pas tué mon frère.

— Je le sais, dit Poirot.

D'un regard, il parcourut toute la salle.

— Ecoutez-moi, mes amis. En état de transe hypnotique, lady Astwell a fait mention d'un rideau étrangement gonflé qu'elle aurait vu cette nuit-là.

Tous les yeux se tournèrent vers la fenêtre.

— Vous voulez dire qu'il y avait un cambrioleur de caché là-derrière ? Quelle solution magnifique ! s'écria Victor Astwell.

— Ce n'était pas ces rideaux-là, dit doucement Poirot.

Il montra alors la portière qui masquait le petit escalier.

— Sir Reuben avait dormi dans la chambre du haut la nuit précédente. Il avait pris son breakfast au lit et avait fait appeler Mr Trefusis pour lui donner des instructions. Je ne sais pas ce que Mr Trefusis a laissé dans cette chambre, mais il y a laissé quelque chose. Le soir, après avoir salué sir Reuben et lady Astwell, il s'en est souvenu et il est monté chercher l'objet. Je crois que ni le mari ni la femme ne s'en aperçurent, car ils avaient entamé une discussion passionnée. Lorsque Mr Trefusis est redescendu, la querelle s'était envenimée, et le fait que les deux époux se jetaient à la figure des choses particulièrement intimes et personnelles, plaçait Mr Trefusis dans une situation fort embarrassante. Il comprenait clairement que tous deux le croyaient couché depuis longtemps. Craignant de déchaîner contre lui la colère de sir Reuben, il prit le parti de rester où il était et de s'esquiver aussitôt qu'il en aurait la possibilité. Il était derrière ce rideau et lorsqu'elle quitta la pièce, lady Astwell, sans même en avoir conscience, fut frappée par sa forme inaccoutumée.

« Après le départ de lady Astwell, Mr Trefusis tenta de s'échapper sans être vu, mais sir Reuben tourna la tête et le vit. Déjà de mauvaise humeur, il entra dans une fureur terrible et couvrit des plus cruelles injures son secrétaire, l'accusant d'écouter aux portes, de n'être qu'un espion.

« La psychologie me passionne. Tout au long de mes investigations, j'ai cherché, non pas l'individu coléreux, pour qui la colère constitue une soupape de sûreté. Le chien qui aboie ne mord pas. Non, j'ai cherché l'homme doux, celui qui pratique la patience, la maîtrise de soi, l'homme qui pendant neuf ans avait joué le rôle du souffre-douleur. L'effort le plus usant est l'effort constant et durable, le pire ressentiment, celui qui s'accumule lentement, jour après jour.

« Pendant neuf ans, sir Reuben n'a pas cessé de rudoyer son secrétaire, de le malmener, et, pendant neuf ans, cet homme l'a supporté en silence. Mais, un moment arrive où le ressort se brise, où la corde trop tendue se casse. C'est ce qui est arrivé cette affreuse nuit-là. Sir Reuben reprend sa place devant son bureau, mais le secrétaire, au lieu de se diriger docilement, humblement vers la porte, décroche l'énorme massue de bois et abat l'homme qui l'a maltraité une fois de trop. »

Poirot se tourna vers Trefusis qui le regardait, pétrifié.

— Votre alibi était si simple ! Mr Victor Astwell vous croyait dans votre chambre, pourtant *personne ne vous avait vu* y aller. Vous sortiez de la salle de la Tour après avoir frappé sir Reuben lorsque vous avez entendu du bruit et vous êtes revenu aussitôt vous cacher derrière la portière. Vous y étiez lorsque Charles Leverson entra, vous y étiez lorsque Lily Margrave vint à son tour. Ce n'est que longtemps après que vous vous êtes glissé sans bruit dans votre chambre. Le niez-vous ?

— Je... Je n'ai jamais...

— Allons, finissons-en, dit Poirot. Il y a deux semaines que je joue la comédie. Je vous ai fait voir le filet qui se refermait sur vous. Les empreintes digitales, celles des semelles, la fouille de votre chambre et vos affaires remises en place avec art. J'ai semé en vous la terreur, vous avez passé des nuits blanches, supputant, redoutant tout. N'aviez-vous pas laissé des empreintes dans la salle de la Tour ? Des traces de vos chaussures ailleurs ?

« Toujours et encore, vous reveniez sur les événements, vous demandant ce que vous aviez fait ou ce que vous aviez négligé de faire, et vous en êtes arrivé au faux pas que j'attendais. Cet après-midi, j'ai reconnu la terreur dans vos yeux, lorsque vous m'avez vu ramasser quelque chose dans cet escalier où vous êtes resté si longtemps caché. Alors j'ai monté cet incident en épingle c'est bien le cas de le dire ! Il m'a fallu une petite boîte. Je l'ai confiée à George et je suis sorti. »

Poirot appela :

— George...

— Me voici, Monsieur.

— Répétez, je vous prie, à ces messieurs et à ces dames les instructions que je vous ai données en sortant.

— Vous m'avez dit, Monsieur, de rester caché dans la penderie de votre chambre après avoir placé la boîte là où vous me l'aviez dit. A trois heures et quart, Mr Trefusis est entré, il est allé tout droit au tiroir et a pris la boîte en question.

— Et dans cette boîte, enchaîna Poirot, il y avait une épingle ordinaire. Je dis toujours la vérité, j'avais bien ramassé quelque chose dans l'escalier. Ramasser une épingle ! On dit que ça porte chance. J'ai de la chance puisque j'ai découvert le meurtrier.

Il se tourna vers le secrétaire.

— Voyez-vous, dit-il, vous vous êtes trahi.

Subitement Trefusis s'écroula sur un siège, il sanglotait, le visage enfoui dans ses mains.

— J'ai été fou ! gémit-il. J'ai été fou ! Mais... oh ! mon Dieu !... il m'a harcelé, il m'a torturé au-delà des forces humaines ! Et pendant des années !... Je le détestais, je l'exécrais !

— Je le savais bien ! s'écria lady Astwell.

Elle se leva, le visage rayonnant d'un triomphe sauvage.

— Je *savais* que cet homme était l'assassin.

— Vous aviez raison, dit Poirot. On peut donner aux choses des noms différents, cela n'y change rien. Votre « intuition » était juste, lady Astwell. Je vous en félicite.

LE POLICEMAN
VOUS DIT L'HEURE

(*Greenshaws'folly*)

CHAPITRE PREMIER

Les deux hommes contournèrent un massif d'arbustes.

— Nous y sommes. Voici l'objet, dit Raymond West.

Horace Bindler s'arrêta, le souffle coupé.

— Mon ami !... Quelle merveille !

Il fit entendre un long sifflement allant du grave au suraigu et du suraigu au grave et dit presque avec vénération :

— C'est inconcevable ! Hors du temps et de l'espace. La pièce unique, parfaite.

— Je pensais bien que vous l'apprécieriez, dit West avec satisfaction.

— L'apprécier ! Ah ! mon vieux...

Horace ne trouvait pas de mots suffisants. Enthousiasmé, il défit la courroie de sa caméra et commença la mise au point.

— Ce sera un des joyaux de ma collection. Vous n'imaginez pas ce que c'est amusant de faire collection de monstruosités. L'idée m'en est venue un soir, il y a sept ans, pendant que je prenais mon bain. Mon dernier joyau en date, c'est dans le Campo Santo de Gênes que je l'ai découvert, mais je crois sincèrement que celui-ci le dépasse. Comment s'appelle-t-il ?

— Dans le pays, on l'appelle la Folie Greenshaw.

— Greenshaw étant le nom du type qui l'a construit, sans doute ?

— Oui. Entre 1860 et 1870. C'était le grand homme de l'époque. Un garçon parti de chez lui en sabots et qui a fait une énorme fortune. Les gens d'ici ne sont pas d'accord sur la raison qui l'a poussé à construire cette chose invraisemblable. Pour les uns, c'est la vanité du nouveau riche, pour les autres, c'est le désir d'impressionner ses créanciers. Dans ce dernier cas il n'a pas réussi. S'il n'a pas fait banqueroute, il a, du moins, tout perdu. D'où probablement ce nom de Folie Greenshaw.

Horace prit sa photo et dit gaiement :

— Faites-moi penser à vous montrer le n° 310 de ma collection. C'est une ahurissante cheminée de marbre dans le goût italien.

Il se tourna de nouveau vers la maison et ajouta :

— Je n'arrive pas à comprendre comment Mr Greenshaw a pu imaginer tout cela.

— C'est assez apparent pour certaines parties, dit Raymond. Il a certainement vu les châteaux de la Loire : regardez ces tourelles. Il semble aussi, et c'est assez regrettable, qu'il ait voyagé en Orient : le souvenir du Taj Mahal est indéniable. J'aime assez les réminiscences des palais vénitiens.

— On se demande où il a pu trouver un architecte capable de réaliser des idées et des plans pareils.

Raymond haussa les épaules.

— Ça n'a pas dû être si difficile, et l'architecte a dû se retirer après fortune faite et nanti pour la fin de ses jours, tandis que le pauvre vieux Greenshaw est mort dans la déconfiture.

— On peut voir l'autre côté ? Ce n'est pas interdit ?

— Si, rigoureusement. Mais ça n'a aucune importance, dit Raymond.

Il se dirigea vers l'angle de la maison, suivi par Horace.

— Qui habite là, cher ami ? demanda celui-ci. C'est un orphelinat ? Une colonie de vacances ? Sûrement pas une école, il n'y a pas de terrains de jeu, pas la moindre trace d'activité.

Raymond se retourna.

— Mais non. Il existe encore une demoiselle Greenshaw, une vieille personne fort excentrique...

Tout en parlant, Raymond se félicitait d'avoir pensé à la Folie Greenshaw comme distraction de choix pour son ami. Ces critiques littéraires prétendent toujours aspirer aux bons week-ends à la campagne et, une fois qu'ils y sont, ils s'embêtent ferme. Le lendemain on aurait les hebdomadaires du dimanche ; mais, pour ce samedi, la visite à Folie Greenshaw qui permettait à Horace Bindler d'enrichir la fameuse collection d'horreurs, était providentielle.

Ils firent le tour de la maison et se trouvèrent sur une pelouse abandonnée dont un des angles était transformé en une grande rocaille. Au milieu des plantes alpestres et des fougères, une personne du sexe féminin jardinait, et, à sa vue Horace saisit le bras de Raymond

— Cher ami, vous voyez ce qu'elle a sur le dos ? Une blouse en toile à fleurs, comme celles que portaient les femmes de chambre du temps où il y avait des femmes de chambre ! Un de mes souvenirs les plus chers est celui d'un séjour à la campagne quand j'étais tout petit. Il y avait une femme de chambre.

Elle venait vous réveiller le matin, vêtue d'une blouse à fleurs tout empesée ; ça froufroutait à chacun de ses mouvements. Elle apportait un énorme broc d'eau chaude et elle avait un bonnet sur la tête. Oui, mon ami. Un bonnet en mousseline avec des pans qui flottaient dans le dos. Quelle journée magnifique vous me faites passer, Raymond !

La dame en robe à fleurs s'était redressée et les regardait venir, sarcloir en main. C'était un curieux personnage : des cheveux gris fer tombaient en mèches désordonnées sur ses épaules, elle portait, planté sur le crâne, un de ces chapeaux de paille comme on en met sur la tête des chevaux en Italie. Dans sa figure hâlée et plutôt mal débarbouillée, deux yeux vifs semblaient jauger d'un regard les nouveaux venus.

— Je m'excuse, miss Greenshaw, de pénétrer ainsi dans votre propriété, dit Raymond West en avançant de quelques pas. Mais Mr Horace Bindler qui est mon hôte...

Horace se découvrit et salua.

— ... s'intéresse beaucoup à... l'archéologie et aux belles constructions.

Raymond West s'exprimait avec l'aisance de l'auteur qui se sait célèbre et peut prendre des libertés que d'autres ne se permettraient pas.

Miss Greenshaw tourna la tête vers l'invraisemblable amas de colonnades, de tours et de clochetons qui s'élevait derrière elle.

— C'est une maison superbe, dit-elle avec une admiration profonde. C'est mon grand-père qui l'a fait construire, avant ma naissance, bien sûr. On raconte que son intention était d'épater les gens du pays.

— Je suis persuadé qu'il y a réussi, mademoiselle, déclara Horace.

— Mr Bindler est le critique littéraire bien connu, expliqua Raymond West.

Les critiques littéraires n'impressionnaient évidemment pas miss Greenshaw qui continua sur le thème de la maison :

— Je la considère comme le témoin du génie de mon grand-père. Il y a des imbéciles qui viennent me demander pourquoi je la garde plutôt que de la vendre pour m'installer dans un appartement ? Qu'est-ce que *je* ferais dans un appartement ? C'est ma maison, mon foyer, j'y vis... j'y ai toujours vécu...

Elle se tut, plongée dans les souvenirs du passé, puis reprit :

— Nous étions trois. Laura a épousé le pasteur. Papa n'a jamais voulu lui donner un penny sous prétexte que les ecclésiastiques doivent être détachés des biens de ce monde. Elle est morte en couches, et le bébé est mort en même temps qu'elle. Nettie est partie avec le professeur d'équitation. Papa l'a rayée de son testament. C'était un beau garçon que Harry Fletcher, mais un bon à rien. Je ne crois pas que Nettie ait été heureuse avec lui. En tout cas, elle n'a pas vécu longtemps. Ils ont eu un fils. Il m'écrit de temps en temps, bien sûr, mais ce n'est pas un Greenshaw. La dernière des Greenshaw, c'est *moi*.

Elle se redressa avec une certaine fierté, rattrapa son chapeau qui lui tombait sur l'oreille, et, entendant un pas, elle se retourna et demanda avec impatience :

— Qu'est-ce que c'est Mrs Gresswell ?

La personne qui les rejoignit, venant de la maison, faisait, à côté de miss Greenshaw un contraste comique. Sa coiffure était une œuvre d'art : des cheveux habilement bleutés s'élevaient sur sa tête en une pyramide de boucles et de rouleaux parfaite. On aurait cru qu'elle s'était fait la tête d'une marquise du XVIIIe siècle pour aller à un bal costumé. Pour le reste de sa toilette, cette allègre quadragénaire portait une robe présumée en soie noire de la plus belle qualité, mais, à vrai dire, taillée dans une rayonne luisante et médiocre. Bien qu'elle ne fût pas grande, elle avait un buste plantureux et bien fait. Sa diction était impeccable, seule une légère hésitation devant l'H initiale de certains mots et le fait qu'elle l'aspirait avec un peu trop d'insistance, permettait de soupçonner qu'à une époque lointaine de son existence, elle lui avait causé des difficultés.

— C'est le poisson, Mademoiselle, dit Mrs Cresswell. La tranche de morue n'est pas arrivée. J'ai prié Alfred d'aller la chercher. Il refuse !

De façon assez inattendue, miss Greenshaw éclata de rire.

— Il refuse ? Vraiment !

— Mademoiselle, Alfred s'est montré extrêmement désobligeant.

Miss Greenshaw introduisit alors dans sa bouche deux doigts maculés de terre et produisit un coup de sifflet à vous crever le tympan, puis elle se mit à hurler :

— Alfred ! Alfred ! Viens ici !

Répondant aussitôt à ces appels, un jeune homme apparut au coin de la maison, une pelle à la main. Il avait un beau visage effronté et, comme il approchait, il jeta à Mrs Cresswell un regard franchement hostile.

— Vous avez besoin de moi, Mademoiselle ? demanda-t-il.

— Oui. J'apprends que tu refuses d'aller chercher le poisson. Qu'est-ce que ça signifie ?

Alfred répondit d'une voix maussade :

— Si vous en avez besoin, Mademoiselle, je vais y aller tout de suite. Vous n'avez qu'à me le dire.

— Bien sûr que j'en ai besoin. Il me le faut pour mon dîner.

— Très bien, Mademoiselle. J'y vais.

Il regarda avec insolence Mrs Cresswell qui rougit et grommela :

— Vraiment, c'est insupportable !

— Mais, j'y pense ! s'écria soudain miss Greenshaw, deux étrangers qui viennent voir la maison ! C'est exactement ce qu'il nous faut. N'est-ce pas Mrs Cresswell ?

Mrs Cresswell eut l'air de ne pas comprendre.

— Vous voulez dire, Mademoiselle ?

— Vous savez bien pourquoi, dit miss Greenshaw avec un mouvement de la tête. Le légataire ne peut servir de témoin à la signature d'un testament. C'est bien ça, n'est-ce pas ?

La question s'adressait à Raymond West.

— Exactement, dit-il.

— Je connais assez le droit pour savoir ça. Et vous êtes tous les deux des hommes sérieux, dit miss Greenshaw.

Elle posa par terre son sarcloir et son panier.

— Voulez-vous venir avec moi jusqu'à la bibliothèque ?

— Bien volontiers, s'empressa de dire Horace.

Elle passa devant eux. Ils pénétrèrent par une large porte-fenêtre dans un immense salon jaune et or. Un brocart fané en tapissait les murs et les sièges étaient recouverts de housses. Ils traversèrent ensuite un grand hall mal éclairé, montèrent un escalier et arrivèrent devant une pièce du premier étage.

— La bibliothèque de mon grand-père, dit miss Greenshaw en ouvrant la porte.

C'est avec un plaisir intense qu'Horace parcourut du regard cette vaste salle. A son point de vue, elle regorgeait de monstruosités. Les meubles, tous ornés de têtes de sphinx étaient pour le moins surprenants. Un bronze colossal lui parut représenter Paul et Virginie. La pendule gigantesque, en bronze, était surchargée de motifs gréco-romains. Il aurait bien voulu prendre une photographie.

— C'est une très belle collection de livres, dit miss Greenshaw.

Raymond regardait sur les étagères. Dès son premier coup d'œil, il jugea qu'aucun de ces volumes ne présentait de véritable intérêt. Aucun, d'ailleurs, ne semblait avoir été lu. C'était, superbement reliées, les séries d'œuvres complètes des auteurs classiques que l'on vendait au siècle dernier pour garnir la bibliothèque d'un gentleman. Il s'y trouvait quelques romans démodés qui ne semblaient pas davantage avoir été feuilletés.

Miss Greenshaw fourrageait dans les tiroirs d'un grand bureau. Elle finit par en tirer un document écrit sur parchemin.

— C'est mon testament, expliqua-t-elle. Il paraît qu'on doit laisser son argent à quelqu'un... si je mourais intestat, c'est ce fils de maquignon qui hériterait de moi. Un beau gars, cet Harry Fletcher, mais un chenapan s'il en fut. Je ne vois pas pourquoi son fils aurait tout ça. Non, continua-t-elle, comme pour répondre à une objection non formulée, j'ai pris ma décision. Je laisse tout à Cresswell.

— Votre femme de charge ?

— Oui. Je le lui ai bien expliqué. Par mon testament, je lui laisse tout ce que je possède ; je n'ai donc plus besoin de lui payer de gages. Cela m'économise une grande part des dépenses courantes et ça la tient en haleine. Plus question de filer et de me planter là n'importe quand. Elle fait la mijaurée, n'est-ce pas ? Son père était un ouvrier plombier. Il n'y a pas de quoi prendre de grands airs.

Tout en parlant, miss Greenshaw avait déplié le parchemin. Elle prit une plume, la trempa dans l'encre et signa : Katherine Dorothée Green-Shaw.

— Voilà, dit-elle. Vous me l'avez vu signer. Maintenant, vous signez tous les deux pour qu'il soit légal et valable.

Elle tendit la plume à Raymond West qui hésita. Il éprouvait soudain de la répugnance à faire ce qu'on lui demandait, enfin il inscrivit, sous celle de miss Greenshaw, la signature bien connue que, dans son courrier quotidien, six lettres au moins sollicitaient de lui.

Horace prit la plume après lui et apposa sur la feuille de parchemin une signature menue.

— Voilà qui est fait, dit miss Greenshaw.

Elle s'approcha des bibliothèques et les regarda un instant, indécise, puis elle ouvrit un des battants vitrés, sortit un livre à l'intérieur duquel elle glissa le parchemin plié.

— J'ai mes cachettes à moi pour ranger mes affaires, expliqua-t-elle.

Comme elle le remettait à sa place, Raymond aperçut le titre du livre : *Le secret de lady Audley*.

Miss Greenshaw se mit à rire.

— Un des succès de son époque, dit-elle. Ce n'est pas comme vos livres !

Et elle donna subitement à Raymond une bourrade amicale dans les côtes. Il fut surpris qu'elle sût même qu'il écrivait. Bien que Raymond West fût un nom connu dans le monde littéraire, il pouvait difficilement être considéré comme un auteur populaire. S'il s'était adouci en approchant de l'âge mûr, il aimait toujours à traiter, dans un style morne, le côté le plus sordide de la vie.

— Oserais-je, mademoiselle, me permettre de photographier la pendule ? demanda Horace, haletant d'émotion.

— Mais naturellement. Je crois qu'elle vient de l'exposition de Paris en 1900.

— C'est très probable, dit Horace, et il prit sa photo.

— On n'a guère habité cette pièce depuis la mort de mon grand-père, dit miss Greenshaw. Ce bureau est plein de vieux cahiers qui doivent être intéressants. J'ai une trop mauvaise vue pour les déchiffrer moi-même. J'aimerais les faire publier, mais il faudrait certainement un gros travail pour les rendre publiables.

— Vous pourriez engager quelqu'un pour le faire, dit Raymond.

— Vous croyez ? C'est une idée que vous me donnez là. Je vais y réfléchir.

Raymond regarda sa montre.

— Nous ne voulons pas abuser de votre amabilité, mademoiselle...

— Ça m'a fait plaisir de vous voir, dit gracieusement la vieille demoiselle. J'ai d'abord cru lorsque je vous ai entendu marcher, près de la maison que c'était l'agent de police.

— Pourquoi un agent de police ? demanda Horace qui n'hésitait jamais à poser des questions.

La réponse de miss Greenshaw fut inattendue, car elle se mit à chanter :

— *Si tu veux l'heure, demande-la à un policeman !*

Et, en se tordant de rire, elle accompagna cet échantillon de l'esprit victorien d'un grand coup de coude dans les côtes d'Horace.

— Quelle journée merveilleuse ! répétait Horace sur le chemin du retour. Cette maison a vraiment tout ! La seule chose qui manque à la bibliothèque, c'est un peu de consistance. Ces vieux romans policiers. C'est certainement à ce genre de bibliothèque que leurs auteurs les destinaient en les écrivant.

— Si vous êtes d'humeur à parler d'affaires policières, adressez-vous à ma tante Jane, dit Raymond.

— Votre tante Jane ? Vous voulez dire miss Marple ? demanda Horace un peu interloqué.

La charmante vieille dame à qui on l'avait présenté la veille au soir lui semblait être la dernière personne à qui l'on pût parler d'histoires de crimes.

— Mais oui, dit Raymond. Le crime est une de ses spécialités.

— Mon cher ami, quelle chose stupéfiante. Que voulez-vous dire au juste ?

— Ce que je dis. Certaines gens commettent des crimes, d'autres s'y trouvent mêlés malgré eux, d'autres, enfin, ne peuvent pas ne pas s'en mêler. Ma tante Jane appartient à cette dernière catégorie.

— Vous plaisantez !

— Pas le moins du monde. Vous pouvez vous renseigner auprès de l'ancien préfet de police, de plusieurs commissaires de police et de deux ou trois inspecteurs parmi les plus actifs du C.I.D.

Horace, enchanté, déclara qu'il allait d'émerveillement en émerveillement. Autour de la table à thé, ils retrouvèrent Joan West, la femme de Raymond, Lou Oxley, sa nièce, et la vieille miss Marple. Ils racontèrent leur expédition et tout ce que miss Greenshaw leur avait dit.

— Quant à moi, dit Horace, cette histoire me laisse une impression sinistre. Cette créature, avec ses airs de duchesse, la femme de charge, ne serait-elle pas capable de mettre de l'arsenic dans la théière maintenant qu'elle est sûre que sa patronne a fait un testament en sa faveur ?

— Voyons, tante Jane, d'après vous, y aura-t-il un

crime, oui ou non ? Qu'est-ce que vous en pensez ?

Miss Marple qui faisait un peloton de laine prit un air sévère et interrompit son travail.

— Je pense, Raymond, que tu ne devrais pas plaisanter comme tu le fais avec ces choses-là. Il est certain que l'arsenic entre dans les possibilités. On s'en procure facilement. Il y en a probablement dans le hangar à outils sous forme d'herbicide.

— Oh ! vraiment, ma chérie, ce serait trop flagrant, dit gentiment Joan West.

— C'est très joli de faire un testament, mais la pauvre vieille ne doit rien avoir d'autre à léguer que ce monument apocalyptique qu'est sa maison. Et qui en voudrait ? dit Raymond.

— Peut-être une firme cinématographique, un hôtel ou même une institution, dit Horace.

— Ce genre d'acquéreurs voudrait l'acheter pour une bouchée de pain, déclara Raymond.

Miss Marple secouait la tête.

— Là, mon cher Raymond, je ne suis pas de ton avis, au sujet de la valeur de la succession. Le grand-père était certainement un de ces paniers percés qui gagnent de l'argent et sont incapables de le conserver. Il peut s'être ruiné, mais sans banqueroute, autrement son fils n'aurait pas eu la maison. Le fils, comme il arrive souvent, n'avait pas du tout le caractère de son père. C'était un avare, un homme qui ne dépensait jamais un penny de trop, et je croirais volontiers qu'au cours de sa vie, il a mis de côté une assez jolie somme. Cette miss Greenshaw semble tenir de lui et ne pas aimer la dépense. Il est probable qu'elle a de l'argent.

— Dans ce cas, dit Joan, je me demande... est-ce que Lou ?

Tous les regards se portèrent sur Lou qui s'était assise près du feu et ne disait rien. Lou était la nièce de Joan. Récemment, son ménage s'était « décollé », comme elle le disait elle-même, et elle se trouvait seule avec deux petits enfants et à peine de quoi les faire vivre.

Joan continua :

— Je me dis que si cette Greenshaw désire vraiment qu'on examine ses vieux carnets et qu'on en tire quelque chose de publiable....

— C'est un idée, dit Raymond.

Lou dit doucement :

— C'est un travail que je pourrais faire et qui me plairait beaucoup.

— Je vais lui écrire, dit Raymond.

— Je me demande ce que signifie cette question d'agent de police ? murmura miss Marple.

— Rien. C'était une manière de plaisanter.

— Ça me rappelle... Oui, ça me rappelle beaucoup Mr Neysmith, dit miss Marple l'air pensif.

— Qui était Mr Neysmith ? demanda Raymond, intrigué.

— Il élevait des abeilles, et il était imbattable pour les mots croisés des journaux du dimanche. Il aimait donner aux gens des idées fausses, comme ça... pour le plaisir.

Tous se turent un instant, cherchant à évoquer ce Mr Neysmith inconnu. Mais comme ils ne voyaient aucun point commun entre miss Greenshaw et lui, ils se demandèrent si la bonne tante Jane avec l'âge, ne confondait pas un peu le tiers avec le quart.

CHAPITRE II

Horace Bindler rentra à Londres sans avoir récolté d'autres merveilles pour sa collection, et Raymond West écrivit à miss Greenshaw pour lui dire qu'il connaissait une certaine Mrs Louise Oxley qui lui semblait capable de déchiffrer et de mettre en ordre ses archives. Quelques jours plus tard, il reçut une lettre dont l'écriture en pattes de mouches avait été à la mode il y a cinquante ans. Miss Greenshaw s'y déclarait très désireuse de s'assurer les services de Mrs Oxley et lui fixait un rendez-vous.

Lou s'y rendit avec exactitude ; miss Greenshaw lui offrit des conditions très satisfaisantes, elle devait prendre son travail le lendemain.

— Combien je vous suis reconnaissante ! dit-elle à Raymond en rentrant. Tout s'arrange à la perfection. Je peux conduire les enfants à l'école en allant à la Folie Greenshaw et les reprendre en rentrant. Mais quel bazar invraisemblable ! Il faut avoir vu cette vieille demoiselle pour le croire !

Lou raconta sa première journée de travail, lorsque la famille fut réunie à l'heure du thé.

— J'ai à peine vu la femme de charge. Elle m'a apporté du café et des biscuits à onze heures et demie. La bouche en cul de poule, très « pomme, prune pouce ». C'est tout juste si elle consentait à me répondre. Je crois que ça lui déplaît profondément que miss Greenshaw m'ait engagée comme secrétaire. Elle est au plus mal avec Alfred le jardinier. C'est un garçon du pays qui doit être assez paresseux. La gouvernante et lui ne se parlent pas. Miss Greenshaw m'a dit avec sa manière un peu pompeuse : « Si loin que remontent mes souvenirs, la discorde a toujours régné entre le personnel du jardin et celui de la maison. C'était ainsi du temps de mon grand-père. Il y avait alors trois hommes et un aide au jardin et huit femmes dans la maison et ils étaient toujours en conflit. »

Le lendemain, Lou revint avec d'autres nouvelles.

— Croyez-vous ? Ce matin on m'a demandé de téléphoner au neveu.

— Au neveu de miss Greenshaw ?

— Oui. Je crois que c'est un des acteurs de la troupe qui joue pendant la saison d'été à Boreham on Sea. J'ai appelé le casino pour qu'on lui transmette une invitation à déjeuner pour demain. A vrai dire, ça m'amuse. La vieille ne voulait pas que sa femme de charge le sache. Je crois que Mrs Cresswell a fait quelque chose qui lui a déplu.

— A demain la suite de ce feuilleton passionnant, dit Raymond. C'est un vrai roman-feuilleton. Réconciliation avec le neveu. La voix du sang a parlé... On détruit le vieux testament et on en rédige un nouveau.

— Tante Jane, vous avez l'air bien grave ?

— Moi ? L'air grave ? A propos, ma chérie, as-tu entendu de nouveau parler de l'agent de police ?

Lou parut tomber des nues.
— Je n'en ai jamais entendu parler.
— Cette réflexion qu'a faite l'autre jour miss Greenshaw ? Cela avait certainement un sens dit miss Marple.
Le lendemain, Lou arriva d'humeur joyeuse à son travail. Elle entra dans le hall ; la porte était grande ouverte. Les portes et les fenêtres de cette maison étaient toujours ouvertes. Miss Greenshaw ne semblait pas redouter les cambrioleurs et sans doute avait-elle raison étant donné que la plupart des meubles ou des bibelots qui se trouvaient à la Folie Greenshaw pesaient généralement plusieurs tonnes et n'auraient été vendables sur aucun marché.
Dans l'avenue, Lou était passée devant Alfred qui fumait une cigarette, appuyé contre un arbre. Dès qu'il l'avait aperçue, il s'était mis à balayer les feuilles avec énergie. Il est paresseux, se dit-elle, mais c'est un beau garçon. Ses traits lui rappelaient quelqu'un. En passant par le hall pour monter à la bibliothèque, elle jeta un coup d'œil au grand portrait de Nathaniel Greenshaw qui trônait sur la cheminée. Il était représenté à l'apogée de sa prospérité, sous le règne de Victoria, appuyé au dossier d'un immense fauteuil. Ses mains reposaient sur la grosse chaîne d'or qui barrait son ventre majestueux. Un instant, elle regarda ce visage : le menton lourd, les sourcils en broussaille, la moustache noire conquérante ; et il lui vint à l'esprit que Nathaniel Greenshaw avait dû être beau dans sa jeunesse. Un peu comme Alfred, peut-être...
Elle entra dans la bibliothèque, ferma la porte derrière elle, découvrit sa machine à écrire et prit les carnets dans le tiroir de côté du bureau. Par la fenêtre, elle vit miss Greenshaw, vêtue d'une robe de toile imprimée à ramages de couleur puce. Elle

était courbée en deux dans les rocailles et désherbait avec ardeur. Il avait plu deux jours de suite et les mauvaises herbes en avaient profité.

Lou, en citadine, prit aussitôt la résolution si jamais elle avait un jardin, de ne pas y mettre une rocaille qu'il faudrait désherber à la main. Et là-dessus, elle se mit au travail.

Mrs Cresswell apporta le café à onze heures et demie ; elle était évidemment d'une humeur de chien. Elle flanqua le plateau sur la table et cria à la cantonnade :

— Du monde à déjeuner !... et rien dans la maison. Qu'est-ce que je suis censée faire ? J'aimerais le savoir... Et pas trace d'Alfred !

— Il balayait dans la grande allée quand je suis arrivée, précisa Lou.

— Je m'en doute. Il ne se la foulait pas !

Mrs Cresswell sortit en claquant la porte. Lou sourit et se demanda de quoi le « neveu » aurait l'air.

Elle but son café et se remit au travail. Travail si absorbant que le temps passait sans qu'elle s'en aperçût. Nathaniel Greenshaw, lorsqu'il s'était mis à écrire son journal, avait cédé au plaisir d'être tout à fait sincère. Tandis qu'elle copiait un passage consacré aux charmes d'une serveuse de bar rencontrée dans la ville voisine, Lou se dit qu'une sérieuse mise au point serait indispensable avant la publication.

Elle en était là de ses réflexions lorsqu'un cri strident la fit sursauter. Elle courut à la fenêtre et vit miss Greenshaw sortir de la rocaille en titubant et se diriger vers la maison. Entre ses mains qu'elle tenait serrées sur sa poitrine, Lou vit une sorte de bâton qu'avec stupeur, elle reconnut aussitôt comme étant le bois empenné d'une flèche.

La tête de miss Greenshaw avec son vieux chapeau de paille retomba sur sa poitrine. Elle appela Lou d'une voix défaillante :

— .... une flèche... Il m'a tiré dessus avec une flèche ! Appelez au secours !

Lou se précipita sur la porte, tourna le bouton, mais sans succès la porte ne s'ouvrit pas. Ce n'est qu'au bout d'un moment d'efforts vains qu'elle comprit : elle était enfermée. Elle courut de nouveau à la fenêtre et cria :

— Je suis enfermée !

Miss Greenshaw lui tournait le dos. Elle vacillait sur ses pieds et appelait la femme de charge sous une autre fenêtre un peu plus loin.

— Téléphonez à la police !... Téléphonez !

Puis marchant de travers, comme un homme ivre, elle disparut aux yeux de Lou et entra dans le salon par une des porte-fenêtres. Deux secondes plus tard, Lou entendit un fracas de vaisselle cassée, puis ce fut le silence absolu. Elle imagina la scène. Miss Greenshaw avait dû, sans rien voir, heurter un guéridon sur lequel était disposé tout un service à thé en porcelaine de Sèvres. Lou cogna à coups redoublés désespérément, sur la porte sans cesser d'appeler et de crier. Il n'y avait sous sa fenêtre ni plante grimpante, ni tuyau de descente qui lui aurait permis de sortir de là.

Lasse de taper sur la porte elle retourna à la fenêtre de sa propre chambre, la tête de la gouvernante apparut.

— Venez m'ouvrir, Mrs Oxley. Je suis enfermée.

— Moi aussi.

— Oh ! mon Dieu ! C'est épouvantable ! J'ai appelé la police. Il y a un poste téléphonique dans mon petit salon. Mais ce que je ne peux pas comprendre, c'est que nous soyons enfermées toutes les deux.

Je n'ai pas entendu tourner la clef dans ma serrure, et vous ?

— Moi non plus, je n'ai absolument rien entendu. Oh ! mon Dieu ! Qu'allons-nous faire ? Peut-être qu'Alfred pourrait nous entendre.

Et Lou se mit à hurler :

— Alfred ! Alfred !

— Il a dû aller déjeuner. Quelle heure est-il ?

Lou regarda sa montre.

— Midi vingt-cinq.

— Il est censé ne partir qu'à la demie, mais il s'arrange pour filer plus tôt chaque fois qu'il le peut.

— Croyez-vous ?... Croyez-vous...

Lou aurait voulu dire : « Croyez-vous qu'elle est morte ? » mais les mots s'arrêtaient dans sa gorge.

Il n'y avait rien à faire qu'à attendre. Lou s'assit sur l'appui de la fenêtre. Il lui sembla qu'une éternité s'écoulait avant l'instant où un agent de police, casque en tête, lui apparut à l'angle de la maison. Elle se pencha, il leva la tête en s'abritant les yeux d'une main et la vit.

— Qu'est-ce qu'il se passe ici ? demanda-t-il sur un ton sévère.

Lou et Mrs Cresswell, chacune à sa fenêtre, lui fournirent un torrent d'explications affolées.

L'agent sortit un carnet et un crayon.

— Alors toutes les deux, vous avez couru vous enfermer dans vos chambres. Vos noms s'il vous plaît.

— Pas du tout ! *Quelqu'un* nous a enfermées. Montez nous ouvrir !

— Chaque chose en son temps, dit l'agent d'un ton bourru et il disparut lui aussi, par la porte-fenêtre du salon.

Encore une attente indéfinie. Lou entendit une voiture arriver puis après un temps qui lui parut durer au moins une heure, et qui en réalité n'avait pas dépassé trois minutes, un policier plus dégourdi que le premier et qui portait des galons de sergent, libéra d'abord Mrs Cresswell et ensuite Lou.

— Miss Greenshaw ? balbutia Lou. Qu'est-il arrivé ?

— Je suis désolé madame, d'avoir à vous dire ce que je viens de dire à Mrs Cresswell, ici présente : miss Greenshaw est décédée !

— Assassinée !... Voilà ce que c'est : un meurtre ! cria Mrs Cresswell.

— Cela peut être un accident, dit le sergent, sans paraître très convaincu ; des garçons du pays qui tiraient à l'arc...

Le bruit d'un moteur l'interrompit.

— Ce doit être le médecin légiste dit-il en se précipitant dans l'escalier.

Mais ce n'était pas le médecin. Lou et Mrs Cresswell descendirent et se trouvèrent en face d'un jeune homme qui entrait en hésitant dans le hall et regardait autour de lui, l'air passablement ahuri.

Puis, d'une voix agréable, qui parut familière à Lou, car elle ressemblait un peu à celle de miss Greenshaw, il demanda :

— Excusez-moi... Est-ce ici qu'habite miss Greenshaw ?

Le sergent s'avança.

— Votre nom s'il vous plaît ?

— Fletcher, dit le jeune homme. Nat Fletcher. Je suis le neveu de miss Greenshaw.

— Vraiment, monsieur, je suis désolé, je vous assure...

— Qu'y a-t-il ? demanda Nat Fletcher.

— Il est arrivé un accident... Votre tante a été mortellement blessée par une flèche qui a pénétré dans la veine jugulaire.

Mrs Cresswell intervint. Au paroxysme de la surexcitation nerveuse elle oubliait son raffinement de langage habituel :

— On l'a assassinée vot' tante ! C'est ça qui est arrivé !

CHAPITRE III

L'inspecteur Welch tira sa chaise un peu plus près du bureau et regarda tour à tour les quatre personnes réunies dans la pièce. A la fin de cette tragique journée, il s'était rendu chez les West afin que Lou lui confirmât les termes de sa déclaration.

— Vous êtes sûre des mots ? « Une flèche... il m'a tiré dessus avec une flèche !... Appelez au secours ! »

Lou acquiesça.

— Et de l'heure ?

— J'ai regardé ma montre une ou deux minutes plus tard, il était alors midi vingt-cinq.

— Votre montre marche bien ?

— J'ai regardé la pendule également.

L'inspecteur se tourna vers Raymond West.

— Il paraît, monsieur, qu'il y a environ une semaine, vous et un certain Mr Horace Bindler, avez servi de témoins à miss Greenshaw pour la signature de son testament ?

Raymond fit un bref récit de la visite qu'il avait faite avec Horace Bindler à la Folie Greenshaw.

— Votre témoignage peut avoir de l'importance, déclara Welch. Miss Greenshaw vous a dit expressément, n'est-ce pas, qu'elle faisait de Mrs Cresswell, sa gouvernante, l'héritière de tous ses biens et qu'elle ne lui payait plus de gages étant donné qu'aux termes de ce testament, Mrs Cresswell avait l'assurance de profiter, après sa mort de tout ce qu'elle possédait.

— C'est ce que miss Greenshaw m'a dit elle-même.

— Affirmeriez-vous que Mrs Cresswell était au courant de cela ?

— Je l'affirme sans hésitation. Miss Greenshaw a fait, en ma présence, allusion à la loi qui interdit aux bénéficiaires de servir de témoins à la signature du testament. Et Mrs Cresswell, également présente, a parfaitement compris de quoi elle parlait. Miss Greenshaw m'a dit elle-même que c'était un arrangement conclu entre elle et Mrs Cresswell.

— De sorte que Mrs Cresswell avait des raisons de se croire partie intéressée ? Dans ce cas, le motif saute aux yeux et j'ose dire qu'elle serait notre principal suspect, si elle n'avait pas été, comme Mrs Oxley, enfermée dans sa chambre et si miss Greenshaw n'avait pas dit positivement qu'un *homme* lui avait lancé cette flèche.

— Elle était *vraiment* enfermée dans sa chambre ?

— Oui. C'est le sergent Cayley qui l'en a fait sortir. La porte de sa chambre est munie d'une grosse serrure d'un modèle très ancien, qui ne peut s'ouvrir qu'avec une clef spéciale. La clef était dans la serrure et il était tout à fait impossible de la faire tourner de l'intérieur. Il faut admettre de façon absolue que Mrs Cresswell était enfermée dans sa chambre et n'en pouvait pas sortir. Il n'y avait dans cette chambre ni arc ni flèche et, à cause de la disposition des lieux, il n'aurait été possible dans aucun cas d'envoyer, de la fenêtre, une flèche à miss Greenshaw. Non, Mrs Cresswell n'est pas dans le coup.

Il se tut un instant avant de demander :

— A votre avis, pourrait-on dire que miss Greenshaw faisait volontiers des farces, aimait les mystifications ?

Dans son coin, miss Marple leva vivement la tête.

— Le testament n'était donc pas fait en faveur de Mrs Cresswell, en fin de compte ? demanda-t-elle.

Le sergent la regarda avec surprise.

— Votre déduction est fort habile, miss Marple. Non. Mrs Cresswell n'est pas désignée comme bénéficiaire.

— C'est exactement comme Mr Neysmith, déclara miss Marple en hochant la tête. Miss Greenshaw a raconté à Mrs Cresswell qu'elle lui laissait tous ses biens et elle a cessé de lui payer ses gages. Là-dessus, elle a tout laissé à quelqu'un d'autre, ravie d'avoir réussi un coup aussi brillant. Rien d'étonnant à ce qu'elle ait ri de plaisir en glissant son testament dans *Le secret de lady Audley.*

— C'est une chance que Mrs Oxley ait pu nous parler de ce testament et nous indiquer où il était caché, dit l'inspecteur. Nous l'aurions cherché longtemps.

— L'humour tel qu'on le comprenait sous le règne de la reine Victoria, murmura Raymond West.

— Et, en définitive, c'est à son neveu qu'elle a tout laissé ? demanda Lou.

— Non. Elle ne lui a rien laissé, dit l'inspecteur. On raconte dans le pays, mais j'y suis depuis peu et je ne connais que les racontars, enfin on prétend que, jadis, miss Greenshaw et sa sœur étaient toutes les deux amoureuses d'un jeune professeur d'équitation particulièrement bien de sa personne, et c'est la sœur qui a gagné. Non, elle n'a rien laissé à son neveu...

L'inspecteur s'interrompit et se gratta le menton avant de dire :

— Tout est pour Alfred.

— Pour Alfred ?... Le jardinier ? s'écria Joan, stupéfaite.

— Oui, Mrs West, Alfred Pollock.

— Mais pourquoi ? demanda Lou.

Miss Marple s'éclaircit la voix.

— Je croirais, dit-elle, mais je me trompe peut-être, qu'il pourrait y avoir ce que nous appellerons des raisons *de famille !*

L'inspecteur approuva.

— C'est indubitable, mademoiselle. Il est de notoriété publique dans le village que Thomas Pollock, le grand-père d'Alfred, était un fils naturel du vieux Mr Greenshaw.

— Mais voilà qui explique la ressemblance qui m'a frappée ce matin ! s'écria Lou, et elle revit en pensée le portrait de Nathaniel Greenshaw devant lequel elle s'était arrêtée.

— Miss Greenshaw a dû penser qu'Alfred serait fier de cette maison, dit miss Marple, qu'il désirerait peut-être même l'habiter. Tandis que le neveu ne saurait qu'en faire et la vendrait dès qu'il en aurait l'occasion. C'est un acteur, n'est-ce pas ? Quelle pièce joue-t-il en ce moment ?

« Voilà bien une réflexion de vieille dame ! Quelque chose qui n'a aucun rapport avec le sujet dont on parle », pensa l'inspecteur.

Mais il répondit poliment :

— Je crois que la saison de Boreham on Sea est consacrée aux œuvres de John Barrie.

— Barrie, répéta miss Marple, l'air songeur.

— *Ce que toutes les femmes savent,* reprit l'inspecteur. C'est le titre d'une des pièces. Je ne suis guère fanatique de théâtre, mais ma femme l'a vue la semaine dernière. Très bien jouée, paraît-il.

— Barrie a écrit quelques bien jolies pièces, dit miss Marple et elle murmura des titres : *Marie-Rose, Quality Street, Un baiser pour Cendrillon...*

Mais l'inspecteur Welch, qui n'avait pas de temps à perdre, revint à la question qui le préoccupait.

— Voici ce qu'on peut se demander : Alfred Pollock savait-il que miss Greenshaw avait fait son testament en sa faveur ? Le lui avait-elle dit ? Voyez-vous, il existe, tout près d'ici à Boreham Lowell, une société de tir à l'arc. Alfred en est membre. C'est, dit-on, un excellent tireur.

— Alors, l'affaire n'est-elle pas claire comme le jour ? s'écria Raymond West. Cela concorde avec la fermeture à clef des deux pièces où se trouvait chacune des femmes. Il savait exactement où elles étaient.

L'inspecteur le regarda et dit sur un ton profondément mélancolique :

— Il a un alibi.

— J'ai toujours l'impression que les alibis sont toujours douteux.

— C'est possible, monsieur, mais vous parlez comme un écrivain.

— Je n'écris pas de romans policiers ! s'écria Raymond, horrifié à cette seule idée.

— Il est facile de dire que les alibis sont douteux, continua l'inspecteur Welch. Malheureusement, nous avons à considérer les faits.

Il soupira et reprit :

— Nous avons trois bons suspects, trois personnes qui se trouvaient tout près du lieu du crime au moment où il a été commis. Si curieux que ce soit, il semble pourtant qu'aucune d'entre elles n'ait eu la possibilité de le commettre. La femme de charge, je vous en ai déjà parlé. Nat Fletcher, qui, à l'instant où miss Greenshaw recevait la flèche, était à deux miles de là, dans un garage où il faisait le plein d'essence et demandait son chemin. Quant à Alfred, six personnes au moins sont prêtes à jurer qu'il est entré à l'auberge du *Canard* à midi vingt et qu'il y a passé une heure à manger son déjeuner habituel : pain, fromage et bière.

— Et à établir délibérément un alibi, dit Raymond.

— C'est possible, mais, dans ce cas, il l'a bien établi.

Un long silence suivit cette affirmation. Raymond se tourna vers miss Marple, qui toute droite dans son fauteuil avait l'air de réfléchir profondément.

— A vous, tante Jane, dit-il. L'inspecteur est déconcerté, et nous tous avec lui, y compris le sergent. Mais, pour vous, c'est clair comme de l'eau de roche. Ai-je raison ?

— Je ne dirai pas ça, mon ami. Ce n'est pas clair comme de l'eau de roche. Le crime, mon cher Raymond, n'est pas un jeu. Je ne pense pas que la pauvre miss Greenshaw avait envie de mourir, et il s'agit d'un meurtre particulièrement odieux et brutal. Un crime très bien préparé et accompli avec un rare sang-froid. Ce n'est pas un sujet avec lequel *plaisanter*.

— Pardonnez-moi, dit Raymond, confus. Je ne suis pas aussi endurci que j'en ai l'air. On traite souvent certaines choses avec légèreté pour leur enlever un peu de ce qu'elles ont d'horrible.

— C'est, je crois, la tendance moderne, dit miss Marple. Toutes ces guerres... On en vient parfois à plaisanter à propos d'enterrements ! J'ai peut-être été un peu sévère.

— Ce n'est pas comme si nous l'avions bien connue, dit Joan.

— Tu as raison, ma chère Joan. Tu ne l'as jamais

vue, je ne l'ai jamais vue non plus, Raymond ne connaît d'elle que l'impression qu'il a pu retirer de sa conversation de samedi et Lou ne l'a vue que pendant deux jours.

— Alors, tant Jane, dites-nous ce que vous pensez. Vous permettez, inspecteur ? demanda Raymond.

— Bien sûr, dit Welch.

— Eh bien, mon ami, il semble que trois personnes avaient, ou pouvaient croire avoir un motif pour tuer cette pauvre vieille demoiselle. Et, pour trois raisons fort simples, aucune d'entre elles ne s'est trouvée en mesure de le faire. La gouvernante parce qu'elle était enfermée dans sa chambre, et, de plus, miss Greenshaw a affirmé que c'était un *homme* qui avait tiré sur elle ; le jardinier, parce qu'il déjeunait à l'auberge du *Canard* à l'heure où le crime a été commis, et le neveu parce qu'il était encore à une certaine distance de la Folie Greenshaw à ce moment-là.

— Mademoiselle, voilà un exposé parfait, dit l'inspecteur.

— Et, comme il semble tout à fait improbable que quelqu'un de l'extérieur ait pu le commettre, où en sommes-nous ?

— C'est ce que l'inspecteur voudrait savoir, dit Raymond.

— Il arrive si souvent que, devant un fait ou une situation, on le considère à l'envers, dit miss Marple, comme en s'excusant. Si nous ne pouvons modifier les mouvements ou la position de ces trois personnes, ne pourrions-nous modifier l'heure du crime ?

— Vous pensez que ni ma montre ni la pendule n'indiquaient l'heure exacte ? demanda Lou.

— Non, ma chérie. Ce n'est pas là mon idée. Je voulais dire que le crime peut n'avoir pas été commis au moment où tu l'as cru.

— Mais je l'ai *vu* ! cria Lou.

— Eh bien, ce que je demandais, c'est si, justement, on ne souhaitait pas que tu le voies, je me demandais même si ce n'était pas la raison pour laquelle on t'avait engagée comme archiviste.

— Comment ça, tante Jane ?

— Eh bien, ça paraît étrange : Miss Greenshaw n'aimait pas la dépense, et pourtant, elle t'a engagée, et a accepté très volontiers les conditions que tu lui as proposées. On souhaitait peut-être que tu sois là, au premier étage, dans cette bibliothèque, en face de la fenêtre afin que tu puisses être le témoin essentiel — quelqu'un d'étranger, dont la bonne foi est insoupçonnable — pour fixer une heure et un lieu déterminés à ce meurtre.

Lou protesta.

— Mais, tante Jane, vous ne pouvez pas croire que miss Greenshaw avait *l'intention* de se faire assassiner ?

— Ce que je pense, ma chérie, c'est, qu'en réalité, tu ne connaissais pas miss Greenshaw. Il n'y a aucune raison pour que la miss Greenshaw que tu as vue lorsque tu es allée t'entendre avec elle soit celle que Raymond avait vue quelques jours auparavant. Oui, je sais, continua miss Marple pour arrêter les protestations de Lou, elle portait cette robe démodée en toile imprimée, cet extraordinaire chapeau de paille et ses cheveux lui pendaient en mèches désordonnées sur la figure. Elle correspondait exactement à la description que Raymond nous avait faite d'elle. Mais ces deux femmes avaient sensiblement le même âge, la même taille, la même corpulence, je veux dire la femme de charge et miss Greenshaw.

— Mais la gouvernante est une grosse femme, elle a une poitrine énorme...

Miss Marple eut l'air gênée.

— Oui, mon petit, évidemment, mais, de nos jours, n'importe qui peut avoir un... une, enfin un buste de n'importe quelle taille. C'est facile. J'en ai vu moi-même... dans des magasins, fort indiscrètement exposés.

— Qu'est-ce que vous essayez de nous expliquer ? demanda Raymond.

— Je pensais, mon ami, que, pendant les deux ou trois jours que Lou a travaillé à la Folie Greenshaw, une seule femme a pu incarner les deux personnages. Lou nous a dit elle-même qu'elle voyait à peine la gouvernante, juste un instant vers onze heures et demie, lorsqu'elle venait lui apporter du café. On voit sur la scène des artistes qui tiennent deux rôles à la fois. Il ne leur faut qu'une ou deux minutes pour se transformer. Et je suis sûre que dans le cas qui nous intéresse, la transformation n'avait rien de compliqué. La coiffure de marquise pouvait n'être qu'une perruque qu'on enlève et qu'on remet à volonté.

— Tante Jane, vous croyez que miss Greenshaw était morte avant que je ne prenne mon travail chez elle ?

— Morte non, mais endormie, assommée par une drogue. Ce n'est qu'un jeu pour une femme sans scrupules comme cette gouvernante. Elle a fait son arrangement avec toi, deux jours après, elle t'a fait téléphoner pour inviter le neveu à déjeuner à une heure précise. La seule personne qui aurait pu savoir que cette miss Greenshaw-là n'était pas la vraie était Alfred. Mais, si tu te rappelles, il a plu les deux derniers jours et miss Greenshaw n'est pas sortie. Alfred n'est pas venu dans la maison à cause de sa brouille avec la femme de charge, et, le dernier matin, Alfred était dans la grande allée pendant que miss Greenshaw désherbait les rocailles... J'aimerais les voir, ces rocailles.

— Vous pensez que c'est Mrs Cresswell qui a tué miss Greenshaw ?

— Je pense qu'après t'avoir apporté ton café, cette femme, en s'en allant, a fermé à clef la porte de la bibliothèque. Elle a endossé son costume de miss Greenshaw et est allée travailler dans les rocailles où tu pouvais la voir par la fenêtre. Au moment choisi par elle, elle a poussé des cris et est revenue en chancelant jusqu'à la maison, cramponnée à cette flèche, comme si elle lui transperçait la gorge... Elle a appelé au secours en ayant soin de dire « *il* m'a tiré dessus » afin qu'on ne puisse soupçonner la gouvernante. Elle a également appelé sous la fenêtre de Mrs Cresswell comme si elle la voyait. Ensuite, elle est entrée dans le salon. Là, elle a renversé une table sur laquelle était disposé un service en porcelaine et s'est précipitée en haut. Elle a mis tout de suite sa perruque de marquise et, quelques instants plus tard, elle a pu se pencher à la fenêtre et te dire qu'elle était enfermée, elle aussi.

— Mais c'est vrai qu'elle l'était, dit Lou.

— Je le sais, et c'est là qu'intervint l'agent de police.

— Quel agent de police ?

— Tu l'as dit : quel agent de police ? Est-ce que ça vous ennuierait, monsieur l'inspecteur, de me raconter quand et comment vous êtes arrivé sur les lieux ?

L'inspecteur eut l'air un peu surpris.

— A midi vingt-neuf, nous avons reçu un coup de téléphone de Mrs Cresswell, la gouvernante de miss Greenshaw, pour nous avertir que sa maîtresse venait d'être tuée par une flèche. Nous sommes partis immédiatement en auto, le sergent Cayley et moi, et sommes arrivés à la maison à midi trente-cinq. Nous avons trouvé miss Greenshaw morte et les deux dames enfermées chacune dans une pièce différente du premier étage.

— Tu comprends : l'agent que tu as vu n'était pas un vrai agent de police. Tu as ensuite oublié sa présence. Tout le monde en aurait fait autant. Un uniforme de plus ou de moins... ça fait partie du mécanisme judiciaire.

— Mais qui était-ce, et pourquoi ?

— Il fallait que quelqu'un enferme la gouvernante du dehors. Nat n'avait qu'à mettre l'uniforme qu'il porte sur la scène. Dans *Un baiser pour Cendrillon*, le personnage principal est un policeman. Il demande son chemin dans un garage et s'arrange pour bien faire remarquer l'heure qu'il était : midi vingt-cinq. Là-dessus, il file à toute vitesse, laisse sa voiture dans un coin quelconque, enfile son costume de théâtre et joue sa scène.

— Mais pourquoi ? Pourquoi ?

— Il fallait enfermer de l'extérieur la femme de charge dans sa chambre et enfoncer la flèche dans la gorge de miss Greenshaw. On peut tuer avec une flèche aussi bien en l'enfonçant à la main qu'en la décochant avec un arc. Seulement, ça demande plus de force.

— Vous croyez qu'ils étaient de mèche ?

— Pour ça, oui. Ce doit être, à mon avis, la mère et le fils.

— Mais la sœur de miss Greenshaw est morte depuis longtemps.

— C'est vrai, mais je suis persuadée que Mr Fletcher s'est remarié. Il n'était pas homme à rester seul. Et je crois que l'enfant est mort, lui aussi, et que ce soi-disant neveu n'était nullement le parent de miss Greenshaw. La mère a obtenu la place de femme de charge pour explorer le terrain. La garçon a écrit à miss Greenshaw comme étant son neveu, en lui proposant de venir lui rendre visite. Il est bien capable d'avoir fait une plaisanterie en disant qu'il viendrait avec son uniforme de policier, ou de lui avoir offert de venir à Boreham on Sea assister à une représentation. Mais je crois que miss Greenshaw a flairé la vérité en ce qui concerne leur parenté et a refusé de le recevoir. Mais une fois que le testament a été rédigé en faveur de la mère (comme ils le croyaient), et dûment signé, ça marchait tout seul.

— Mais pourquoi se servir d'une flèche ? C'est tellement extraordinaire, dit Joan.

— Ça n'a rien d'extraordinaire, ma chérie. Alfred était membre d'une société de tir à l'arc. C'était Alfred le criminel désigné. Le fait qu'il se trouvait à l'auberge dès midi vingt a été fatal à leur combinaison. Il partait toujours en avance de quelques minutes. C'est presque immoral que sa paresse lui ait sauvé la vie.

L'inspecteur toussota.

— Tout ce que vous supposez là, mademoiselle, est extrêmement intéressant... Naturellement, il faudra que je fasse mon enquête...

CHAPITRE IV

Miss Marple et Raymond étaient devant les rocailles et examinaient un panier de jardinage, plein de plantes flétries.

— Alysses, saxifrages, genêts, campanules... C'est bien ça. Je n'ai pas besoin d'autre preuve. Quelle que soit la personne qui désherbait hier, elle ne connaissait rien au jardinage. Elle a arraché les plantes cultivées en même temps que les mauvaises herbes. Maintenant je sais que j'avais raison. Merci, mon cher Raymond, de m'avoir amenée jusqu'ici. Je voulais me rendre compte de cela moi-même.

Raymond et elle regardèrent une fois encore la curieuse construction qu'était la Folie Greenshaw.

Quelqu'un toussa derrière eux. Ils se retournèrent, un jeune homme regardait la maison lui aussi.

— C'est rudement grand, dit-il. Trop grand pour maintenant, que les gens prétendent. J'ai pas d'opinion là-dessus. Si jamais je gagnais un pool de football qui me rapporterait beaucoup d'argent, c'est ce genre de maison-là que j'aimerais me faire construire.

Il regarda miss Marple et son neveu avec un sourire un peu gauche.

Il me semble que je peux bien le dire, maintenant... cette maison-là, c'est mon arrière-grand-père qui l'a bâtie, dit Alfred Pollock. Et même que c'est une bien belle maison malgré qu'on l'appelle la Folie Greenshaw.

FIN

DERNIERS VOLUMES
PARUS DANS LA COLLECTION
LE MASQUE

1717	POUR TE REVOIR, JONATHAN	**ANDRÉ BENZIMRA**
1718	LA FILLE QUI VENAIT DE LOIN	**RUTH RENDELL**
1719	MA BELLE IRLANDAISE	**EXBRAYAT**
1720	CLAIRE... ET SES OMBRES (Prix du roman d'aventures 1983)	**JUNE THOMSON**
1721	L'INSPECTEUR FINCH BAT LA CAMPAGNE	**JUNE THOMSON**
1722	LA TÊTE DU CLIENT	**JOHN WYLLIE**
1723	DIX BRÈVES RENCONTRES	**AGATHA CHRISTIE**
1724	MEURTRE AU PALAIS DE BUCKINGHAM	**T.E.B. CLARKE**
1725	WEEK-END TRAGIQUE	**DOMINIC DEVINE**
1726	MEURTRE SUR LA BUTTE	**RICHARD GRAYSON**
1727	LE CRIME NE FAIT PAS LE BONHEUR	**BERTON ROUECHE**
1728	LA PLUS JOLIE DES GARCES	**EXBRAYAT**
1729	LA DERNIÈRE BOUTEILLE	**STANLEY ELLIN**
1730	LE PERROQUET CHINOIS	**EARL DERR BIGGERS**
1731	TOUT CE QUI BRILLE...	**ELIZABETH POWERS**
1732	UN CLIMAT MORTEL	**JEAN-PIERRE FERRIÈRE**
1733	RENDEZ-VOUS SUR MA TOMBE	**ALEXANDRE TERREL**
1734	DES CHIFFRES ET DES MEURTRES	**SCOTT KEECH**
1735	SUICIDE À L'ÉCOSSAISE	**JOHN DICKSON CARR**
1736	CHANSONNETTE FUNÈBRE	**JONATHAN STAGGE**
1737	L'ARNAQUE EST MON MÉTIER	**BILL PRONZINI**
1738	LE CHIEN DES BASKERVILLE	**CONAN DOYLE**
1739	QUAND LE DIABLE RICANE	**PIERRE SALVA**
1740	L'ÉTRANGE CAS DES TROIS SŒURS INFIRMES	**CHARLOTTE ARMSTRONG**
1741	L'HONNEUR DE BARBERINE	**EXBRAYAT**

ENVOI DU CATALOGUE COMPLET SUR DEMANDE

DERNIERS VOLUMES
PARUS DANS LA COLLECTION
LE CLUB DES MASQUES

500	QUI ÉTAIT DONC M. JOHNSON ?	**CARMICHAEL**
501	L'ANALPHABÈTE	**RENDELL**
502	NOIRS PARFUMS	**HÉLÈNE DE MONAGHAN**
503	LE TROU DU DIABLE	**PIERRE SALVA**
504	HERCULE POIROT QUITTE LA SCÈNE	**AGATHA CHRISTIE**
505	LE MEURTRE D'EDWARD ROSS	**ANTHONY GILBERT**
506	LES AMOURS AUVERGNATES	**EXBRAYAT**
507	CHÈRE LAURA	**JEAN STUBBS**
508	LA VOIX QUI CHUCHOTAIT	**JOHN CASSELLS**
509	NOUS ÉTIONS TREIZE EN CLASSE	**MARIA LANG**
510	LA DANSE DE SALOMÉ	**RUTH RENDELL**
511	À COUTEAUX TIRÉS	**JULIAN RATHBONE**
512	LA VIEILLE DAME SANS MERCI	**M.-B. ENDRÈBE**
513	BRELAN DE FEMMES	**PAUL KRUGER**
514	LE CHEVAL À BASCULE	**AGATHA CHRISTIE**
515	CADAVRES EN VACANCES	**JEAN PIERRE FERRIÈRE**
516	MEURTRE INDEXÉ	**RUTH RENDELL**
517	UN COUREUR DE DOT	**RAE FOLEY**
518	UNE MORT PROVIDENTIELLE	**R. FISH et H. ROTHBLATT**
519	NOËL À L'ARSENIC	**MANNING LONG**
520	LE CLAN MOREMBERT	**EXBRAYAT**
521	LA MARIETTE EST DE SORTIE	**JUNE THOMSON**
522	IDÉES NOIRES	**JOHN WAINWRIGHT**
523	LA POLICE CONDUIT LE DEUIL	**RUTH RENDELL**
524	LA LOI DU TALION	**FRANCIS DIDELOT**

ENVOI DU CATALOGUE COMPLET SUR DEMANDE

LES MAÎTRES DU ROMAN POLICIER

Première des collections policières en France, Le Masque se devait de rééditer les écrivains qu'il a lancés et qui ont fait sa gloire.

déjà parus :

284	L'ASSASSIN HABITE AU 21	**ST. A. STEEMAN**
174	LORD PETER ET L'AUTRE	**DOROTHY SAYERS**
232	L'HOROSCOPE DU MORT	**YVES DARTOIS**
375	LA FEMME QUI A TUÉ	**RUFUS KING**
297	POURQUOI TUER UN MAÎTRE D'HÔTEL?	**GEORGETTE HEYER**
60	LE TESTAMENT DE BASIL CROOKES *(Prix du roman d'aventures 1930)*	**PIERRE VÉRY**
84	SIX HOMMES MORTS *(Prix du roman d'aventures 1931)*	**ST. A. STEEMAN**
191	LORD PETER ET LE BELLONA CLUB	**DOROTHY SAYERS**
484	NOËL TRAGIQUE À LEXHAM MANOR	**GEORGETTE HEYER**
1735	SUICIDE À L'ÉCOSSAISE	**JOHN DICKSON CARR**
1736	CHANSONNETTE FUNÈBRE	**JONATHAN STAGGE**
95	LA NUIT DU 12 AU 13	**ST. A. STEEMAN**
277	LA MINIATURE VOLÉE	**ERICH KASTNER**
1738	LE CHIEN DES BASKERVILLE	**CONAN DOYLE**
238	LE NUMÉRO GAGNANT	**FRANCIS BEEDING**
1730	LE PERROQUET CHINOIS	**EARL DERR BIGGERS**
1740	L'ÉTRANGE CAS DES TROIS SŒURS INFIRMES	**CHARLOTTE ARMSTRONG**

avril :

117	UN MEURTRE DANS L'AQUARIUM	**STUART PALMER**
1743	ELLE N'EN PENSE PAS UN MOT	**JOSEPHINE TEY**
1745	BOUSCULEZ PAS LE MAGOT	**A.A. FAIR**

IMPRIMÉ EN FRANCE PAR BRODARD ET TAUPIN
7, bd Romain-Rolland - Montrouge - Usine de La Flèche.
ISBN : 2 - 7024 - 1450 - 8

H 52/1717/9